同父异母姐姐的到来

你们还没有问问我，同意还是不同意呢！

这不是妈妈的错，也不是爸爸的错，但这件事涉及爸爸的女儿，应该算是他的事。而且简单来说，反对已经毫无意义了，因为约瑟芬现在已经住在我们家里了，原因是她的母亲生病了。这就像是，如果一个人得了癌症并做了手术，你就不能再说任何不该做手术之类的话了。然后你就必须高兴起来，并且祈祷上苍，一切都平安顺利地过去吧！现在，做完癌症手术的约瑟芬的母亲在康复中心有了一个床位，如果一切顺利的话，几个星期后就能康复出院了。

这个道理我懂。

现在的问题是，爸爸不仅一直挂念着他的女儿约瑟芬，还挂念着她在这里上学的问题，更准确地说，就是在我的学校里上学的问题，不过这也不算是什么太复杂

的大问题。

但是，尽管这不算是什么大问题，可我还是不喜欢她坐在我们家餐桌旁吃饭，尤其是她的样子看起来很凶，好像所有人都是她的敌人。

还有爸爸，不知他是怎么容下她那副在黑色的连帽衫下露出的 X 光透视片般的面孔，以及她那两眼放射出的杀手般的目光的。可爸爸现在却像平常那样跟我们讲他的公司发生什么事了，讲上次网球训练得如何了……他镇静地说着这些我们根本就不感兴趣的话，无非是想让我们四个人觉得，她目前的这种情况没什么大不了的。

"马尔特，再把面包筐递给你姐姐。"爸爸说道。

说来也怪，我从来就没有给她递过面包筐，哪儿来的"再"，再说她也不是我的亲姐姐，而是我同父异母的姐姐，不过论血缘关系，我俩可是有百分之五十的相同血缘呢！可是我只见过她两三次，最后一次大概是六岁的时候。

"为什么用'再'？"我问。因为我不愿意听别人使唤我做这做那，这让我头疼！当一个成年人说错话的时候，即使他们明明知道自己说错了，但也不会承认。"到目前为止，她只吃过西红柿。你甚至连她是否喜欢吃面包都不知道，就让我把面包筐递过去。"

"马尔特！"爸爸的声音突然严厉起来，就连妈妈

SCHÖN WIE DIE ACHT

完美如 8

［德］尼古拉·胡珀茨 著　　［德］芭芭拉·荣格 绘　朱显亮 译
（Nikola Huppertz）　　　　（Barbara Jung）

CTS 湖南文艺出版社
HUNAN LITERATURE AND ART PUBLISHING HOUSE

小博集
BOOKY KIDS

引 言

　　"8"是我所知道的最美丽的一个数字。当然，所有的数字都很美，但"8"是最完美无缺的。"8"有两条对称轴，你沿着它的两条对称轴折叠，均可以完美重叠，它不像其他数字那样折叠后，还留着自己的小尾巴或小钩子。当然，"0"除外。但对于"0"，你必须首先问问自己它是不是一个数字，我们来顺便说一说"0"的情况："0"既不是正数也不是负数，0与数字相加时和不变，0与数字相乘时积都等于0，并且0也不能除以任何数。哇，这太酷了！但我还是更喜欢"8"这个数字。"8"虽然只是一个简单的数字，但以它的中间部位为中心点，可以往左叠，也可以往右叠，还可以上下叠，随意改变方向都行。如果你把"8"横过来放，它俨然是一个无穷大符号"∞"。

　　没人能否认"8"的美丽。

目录

ontents

都用奇怪的眼神看着我，她的眼神更像是在说我们根本就不认识约瑟芬。

尽管妈妈一再强调，那个女孩和她的母亲，是在自己与爸爸结婚之前发生的事，可她也不能完全不过问！

"没关系，小不点，不用递给我。"我同父异母的姐姐一边说，一边从桌子的对面，伸手从面包筐里拿了一个东西出来，但不是面包，还是一个西红柿。

而且是最后一个西红柿。她像咬苹果一样咬了一口，不料，一些西红柿汁水从她嘴里流了出来，然后她拿起她没吃完的东西从桌子旁站了起来。此时的她又用杀手般的目光向四周打量了一番，然后从我们客厅的用餐区走了出去。

妈妈和爸爸互相看了一眼。

"马尔特，你不觉得你没把面包筐递给约瑟芬这件事，让她很没面子吗？"妈妈问。

"那倒是。"我一边嚼着我的奶酪面包，一边说，"可我知道，我本来一定会把面包筐递给她的。我只是想说……"

"我们都已经听见你想说什么了。"爸爸打断了我的话，然后叹了口气继续说，"唉，这戏该怎么唱呢①？"

———

① 德国方言。遇到不好办的事时人们常说这句话，意为：这事该怎么办呢？下文也有类似表述，恕不再加注释。——译者注

现在我踏踏实实地又一次把手伸进了面包筐，拿了一个面包。下面我所说的这句话，或许是今天晚上饭桌上第一句正常的话。

"我想说的是，全国奥数巡回赛的准备工作从星期一开始。"我继续说道。

"现在有资格参加奥数竞赛的人有多少？"爸爸把黄油推到我面前说道。

我刮了一些黄油，抹在面包片上，又放了两个古乌达干酪①，然后说道："我们学校除了我以外，就没有别人了。科里亚就差一点，不过还有一个一体化综合学校②的转学生要来，因为那边没有自己的数学俱乐部。"

"就是说，她全是靠自己的拼搏，取得那么好的成绩，然后去参加奥数竞赛的吗？"妈妈问。

我吓了一跳。对于"个人拼搏"这种问题我以前根本就没有想过。诚然，有那么一瞬间我感到压力很大，

---

① 荷兰的一种半软干酪。——译者注

② 也称综合高中，德国的一种教育制度。完全取消文理高中、实科中学、职业预科的界限，学生没有留级，只是在各科之间进行调整；教学计划设必修科目（核心课）、必选科目、选修科目和各种不同的兴趣组。在教学上，采取能力分班制。——译者注

但随后我意识到，大部分的东西我也是自学的，泽尔胡森老师只有在我请求他的时候，才会帮我一把。不过，老师的指点起到了画龙点睛的作用，使我的思路打开，那可是拿钱也换不来的！我也是这么跟爸妈说的。

"但不管怎样，"爸爸回答道，"现在的情况还是挺紧张的。"

就在这个时候，嘈杂的音乐声从我们的地下室里传来，那里正是约瑟芬被安排住下的地方。

我坐在我的桌子前，从书包里拿出了练习簿，为了弄懂最后一道练习题，我不知看了多少遍。其他的练习题，无论是集合论还是代数，我很快就解决了，只有下面这几个与正弦函数有关的练习题着实把我难住了：相位差问题，振幅大小问题，单调区间问题……

到现在为止，我只是有了一个粗略的想法。

"不过，我一定会弄懂你的！"我说着，从抽屉里拿出了我的数学词典。

这是我的拿手好戏①！当我在日托幼儿园用积木摆乘法表时，爸爸就是这么惊奇地对着我叫喊的。幼儿园的老师们向我爸妈表达了他们的不可置信，因为他们认

---

① 原指演员擅长演出的剧目，后来被用到了现实生活中，指某人在某一方面最擅长做的事。——译者注

为我在家里做过这样的训练。

求正弦函数的相位差、振幅大小、单调区间，就好像我在幼儿园用写有数字的四个立方体积木、四个圆柱体积木、四个长方体积木摆出"一二三四五六七八九十十一十二"的数字序列一样简单。哦，原来是这样：你投降了吧！嘿嘿嘿！

爸爸向他们保证，说我的数字排列和算术之类的知识，绝对不是从他那里学到的，而且他也绝对不会以任何方式帮我作弊。我也没有从妈妈那里学到过，她更喜欢语言文字，而当时我还小，据说还无法把词汇组成一个正确的句子。老师们听了终于相信，积木的事情都是我一个人做到的。

我随意打开数学词典的一页，并且轻轻地亲了亲它。也许你根本不在乎它是从哪里来的，重要的是，你拥有了它，因为它使你对数学产生了兴趣。至于数学，虽然大多数人对有人自愿沉迷其中而感到奇怪，但我偏偏不这么认为。我已经花了好几天的时间，去做一份很难很难的数学作业。

尽管我到目前为止，还根本没学过正弦和余弦相关的知识。不仅在数学俱乐部，而且在课堂上，都一点也没接触过。但是，我已经读过了关于单位圆、角度和弧度、纵横比和相关函数的全部内容，我真的想在明天之前完成这份作业。在此之前，尤其是在一体化综合学校

的转学生来上课之前，泽尔胡森老师告诉过我，我得自学所有的相关知识。我的意思是，如果只有一体化综合学校的转学生一个人做过关于正弦和余弦的测验卷子，而我和其他人都没有，这样才好呢！这样才能显出我的能耐。我最终一定会解决所有问题的。因为数学是有逻辑可循的，你迟早会发现合乎逻辑的东西。比如 A 后面是 B，B 后面是 C，以此类推。你只要一步一步地掌握它，它自然会带给你成就。数学也和其他所有事情一样，只要你有条不紊地去思考，然后突然间，你就明白了其中的奥妙。

不管怎样，我现在要做的就是找出正弦函数中的哪个值导致对应的函数图像位移，看看是向左、向右、向上，或向下，然后我就明白其中的奥妙了。

但是要我弄明白的前提是：约瑟芬必须把她的音乐声放小点，不然，没有人能够继续思考下去。于是，我向地下室跑去。

"你真是个被宠坏的小不点，不是吗？"我同父异母的姐姐歪着脑袋，自上而下地打量着我。

"你不能把声音关小一点吗？我正在解一道数学题！唉，真是的！你经常这么干吗？"接下来我也不知道该怎么说才好了，于是就傻傻地站在地下室冰冷的瓷砖地板上，一言不发。

她关闭了笔记本电脑，关闭了沙发床旁边的音箱系统。但现在我想逃跑也是不可能的了，我被她怒目而视的表情给吓住了。

"你多大了？"她问道。

"十二岁。"我回答道，然后很快又补充道，"还差两个月就十三岁了。"

约瑟芬咧嘴一笑，笑中带有尖酸刻薄的一面。"噢，还有两个月就十三岁了。那就是，我们的爸爸有你的时候——等一下——我正好三岁零五个月大。因为我也会做一点数学题，算得出来。"她从沙发床上站起来，快速扫视了一下地下室的四周，趿拉着鞋向健身角走去，然后抓起两个大哑铃。小心点，我心想。中等大小的哑铃对我来说就已经很沉了，可她却紧紧抓住它们，直接开始做锻炼肱二头肌的弯举动作，我简直不敢相信眼前的一幕是真的。"你干吗要这个样子看着我？"她突然没头没尾地问道，并且再次把目光转向我。

过了一会儿，我才明白她在说什么。她在笑我吃惊的样子。

"我正在全神贯注地思考正弦函数。"我说，"还有相位差之类的问题。"我才不上她的当呢！

"原来是这样。"她回答道。她弯举动作的幅度越来越小，越来越小。我不知道是因为哑铃的重量压得她开始吃力，还是因为我的回答打消了她原来认为她的举动让我吃惊的猜想。我看到她的鬓发随着弯举动作而摆动的频率也逐渐慢了下来，她的面部表情也更强烈地扭曲起来。为了让她相信我真的是因为思考奥数问题而出神，我又继续补充说："因为我要参加奥数竞赛。全国奥数巡回赛马上就要开始了，这次竞赛将决定谁可以进入青年奥林匹克数学训练班。"

"噢！"她喘着粗气说，然后把哑铃放回原处，开始活动双臂，她又继续说道，"当你不再沉迷于你的数学问题时，你的一生中还能做些什么？"

我一听这话就气坏了。我生气不是因为我什么都不会做，而是因为她这话的言外之意，好像在说数学不是正经学科。

于是我针对她的话回答道："但至少我不会捧着笔记本电脑，躺在床上乱看一通，也不会让那烦人的音乐打扰大家。"

约瑟芬扬起眉毛。"厉害，小不点！"她一边说，一边趿拉着鞋回到她睡觉的地方，再次躺在了沙发床上。

"而且我一点也没有被宠坏。"我说道。

她好像觉得我掉进她挖的坑里了，于是幸灾乐祸地笑着说："嗯，那就没事了。"

突然间，我不知为什么又傻傻地站在那里不动了，并且也不知道该说些什么好。但有一点，我知道我至少不能长时间被她的目光扫视。于是我立刻转过身，走了出去。我走到门口时又回头瞧了她一眼，发现她又打开了她的笔记本电脑，她的手臂像章鱼触手似的抱住了电脑。

2

和姐姐一起上学去

爸爸停车之后，我才能把我紧紧咬在一起的牙齿分开。在整个坐车过程中，我一直都在思考，我该怎么告诉别人我跟他们两个人之间的关系。我从后座上紧盯着爸爸和约瑟芬的后脑勺，爸爸则试图与她闲聊，但她只是冷冷的，一言不发。我想不出任何合适的话来打破目前的僵局。可现在，我的学校就要到了，那里有人，我认识的人。"但我们不能一起走过去！"我突然冒出了一句。

爸爸从驾驶座上把脸转向我，带着满脸的问号看着我。

"大家可能都想知道我为什么不坐公交车来。"我解释说，并迅速解开安全带，从我旁边的座位上抓起书包等着。但我不敢要求爸爸让我现在就下车，因为他脸上的问号还在，而且还皱起眉头。

"那又怎样？"爸爸说道，"他们看到你今天是坐车来的，以后就不会再感到惊讶了。这很好啊！"

现在事情变得越来越复杂了。如果我们的车后面有扇门就好了，我就可以从那里溜走了。既然我无法溜走，那么我就必须以某种方式向他明确表示，也同时告诉我的同学，我与这个带来一个女孩的人也就是我爸爸，还有他们去拜访埃克特校长的行为，没有任何关系！如果他要把约瑟芬生拉硬拽地拖进校长办公室的话，那也不关我的事，因为从她一开始离开家的样子就能看出一些兆头，她到了那里一定会马上闹事的。但不管怎样，把我同父异母的姐姐送到我的学校学习，我不知道她能不能适应，反正这不是我的决定。

她已经是第二次上十年级了！

当然这也不是约瑟芬本人的决定，她和我一样，从来就没有被问过意见。也许她自己已经找到其他更适合她去的地方了，但爸爸显然不会理会这些。他只会认为，一个孩子在哪里上学，另外一个孩子也得去那里上学。

我的意思是，爸爸确实很有办事能力，即使他不是数学家，但他却具有逻辑思考能力。不过，在这一点上他没用对地方。

他似乎不明白，不坐公交车上学，是我今天在这所学校遇到的最小的一个问题了。除非他现在让我马上离开这辆车，我才不会让人家笑话。

"我有急事。"我说，我把膝盖顶在他座位的靠背上，继续说道，"我今天的第一节课和第二节课都是弗林斯的地理课，是不能迟到的。"

"现在离八点还有十分钟呢！"爸爸回答道，他脸上的问号变成了感叹号，并继续说道，"我们完全可以不慌不忙地一起走过去。"

"你听着，克里斯蒂安。"约瑟芬说，她不叫他"爸爸"，而叫他的名字！说着，她把一片口香糖放进了嘴里，我从后视镜里看到她用她那个被穿了一个孔的舌头把口香糖折叠起来，然后顶到鼻子尖上。她继续说道："你没看出来吗？马尔特和我在一起很不舒服。"这句话一出口，我感到非常不舒服，尤其是爸爸还在看着我。他可能看到我脸红了，于是问："你和你姐姐在一起难受，还是和我在一起难受？"

"胡说。"我小声说道，"你说的和我心里想的，完全不是一回事。"

"嗯，那就好！"爸爸拔出车钥匙说道，"那我们走吧！"我们终于下了车。

从他的语气听起来，好像约瑟芬的事情已经解决了似的。他把靠背放下来，让我从上面爬下车，我除了跟在他后面踢里踏拉地走，还能干什么呢？我旁边是我同父异母的姐姐，她突然幸灾乐祸地笑起来，还若无其事地嚼着口香糖。她似乎没有想象到她被埃克特轰出门去的尴尬局面。她看起来一点也不像一个新同学第一天走进一所新学校，想给人留下一个好印象的样子。正相反，她看起来更像是要给人留下一个不好的印象，她穿的连帽衫上有一个特别大的窟窿，尽管气温大概在六七摄氏度，但是已经很冷了，可她仍不穿冬季夹克。她披散在连帽衫外的头发也是乱糟糟的，好像她是刚从床上被提溜起来似的——那当然不是。她起得很早，搞得整个地下室丁零当啷乱响，如果你问我的话，我会说她一定仔细地打扮过自己——但没人问我。当我们穿过学校的院子，向教学楼走去时，每个人的眼睛都盯着我们看。谁是新来的，谁不是新来的，旁边的那位一定是爸爸，于是他们开始东猜西揣：突然出现的这个女孩是从哪儿来的？马尔特与这个女孩是什么关系？有人说好像是姐弟关系。

我们班的几个人也都看到了我们，还有穿着拖鞋站在那里的科里亚和其他几个十年级的学生。当我经过他们并顺便向他们打招呼时，我突然觉得，约瑟芬可能会去他们班上。

地理课上，弗林斯老师给我们来了个突然袭击，要我们做一个被他称之为家庭作业的临时测试，并告诉我们说每堂课都要做好被突然袭击的准备。当然了，他说什么就是什么。我们必须回答有关牧场养殖和拉普兰驯

鹿养殖场等方面的问题。当第一次课间休息开始时，经过比较测验答案，我发现大多数人的答案都是：冻土带已过度放牧，幼树被驯鹿啃咬殆尽。

"今天早上跟着你和你爸爸来的那个人是谁？"马茨问道，菲利普立即凑过来听。

我不想回答。马茨和菲利普不是我的朋友，这跟他们有什么关系。

我一声不吭地往前走，然而没走多远，他们就追了上来。现在，他们一个走在我的左边，一个走在我的右边，仍没有放弃追问的意思。

"你看起来有点怪。"菲利普说。马茨点点头。

他们俩看起来好像在因为我没有给他们一个满意的解释而怪罪我。

"哦，她是我同父异母的姐姐。"当我们到达操场时，我回答说。我只好告诉他们了，因为我也不能完全破坏了与马茨和菲利普之间的关系。他们虽然不是我的朋友，但毕竟我们在课间休息时经常一起玩，我也不能得罪他们。

"我一点都不知道！"马茨惊呼道，"你有一个姐姐了。"

"是的，我有了。"我耸耸肩，好像在说，这是很平常的一件事情，不必大惊小怪。

但现在麻烦了，他们好奇起来了。

"她多大了？"一个问道。

"她最近和你住在一起吗？"另一个问道。

"她舌头上有个穿孔是真的吗？"一个问道。

"她也有文身吗？"另一个问道。

"她妈妈到底是谁啊？"一个问道。

真的太烦人啦！这时，科里亚正好从教学楼的门厅里走出来，直奔我跑来。此时，我想到了一件完全不同的事情来娱乐自己，那当然是数学了。

科里亚虽然是我的朋友，但我们几乎从不在课间休息时一起玩。原因是，如果你是一个上十年级的学生，那你绝不会和一个上七年级的学生一起玩，一般都是这样。他如果是来找我玩的，那绝对不行，可我不会生科里亚的气。正相反，他现在跑过来反而使我感到很高兴，因为我正好要借他来摆脱马茨和菲利普那两个讨厌鬼的纠缠，好好休息一下。

于是我用简短的"稍后我告诉你们"阻断了马茨和菲利普的问话，并向后退了两步，转身向科里亚走去，上次我们俩正谈到分形几何的自相似结构问题。

但我也知道，科里亚也一定会问约瑟芬是谁。我到时候回答他就是，不外乎这些话：

不，她不是我的姐姐，而是我同父异母的姐姐。

不，她不是永远住在我们家，只是在我们家住几个星期而已。

她母亲得了癌症，正在康复期。

不管怎样，我从科里亚的嘴里知道，她没被分配到他的班上，而是分到 C 班去了，还知道了在第一节德语双节课^①上，她似乎坚持了自己的价值观，把一些常规的东西都搞乱了。

"她把整个德语双节课给搞砸了。"科里亚说，"埃克特八点二十把她领进了教室，然后场面就失控了。"我几乎能感觉到，马茨和菲利普正在我背后屏住呼吸竖起耳朵听。

"哦，为什么?"我小心翼翼地问。

科里亚咧嘴一笑，"哦，其实她只是参加了一场课上讨论。但要问我参加的怎么样，她似乎完全有她自己的一套价值观。"

我有点头晕。"这到底是怎么一回事?"

"粗略地说，她讨论的是关于平等的话题。至少一开始是这样。"

"然后呢?"

"然后就一发不可收拾了，她谈到了许多方面，比如蜜蜂死亡，气候保护，情感虐待，头巾问题，功能性

---

① 一般是同一个年级的各个班在一起上的大课，有专门的大课堂教室。相当于国内大学里的语文大课。——译者注

文盲①，自由集会，等等。还想听吗?"

"不，我不想听了。"我低声说道。

科里亚再次咧嘴一笑说:"但不管怎么说，她很酷。"

我们沉默了一会儿。然后他突然一拳砸在我的肩膀上，郑重地说:"数学俱乐部见!"然后转身消失在十年级学生的人群里。

科里亚的最后一句评论是目前为止最好的评论，也是今天所有人的共同心声。准确地说，她是今天唯一一个被大多数人竖起大拇指的发言者。

午休后的时间真是漫长又无聊。泽尔胡森老师让我们等着，大概是因为一体化综合学校的转学生还没有到，但数学俱乐部的教室门是开着的，我们进去坐了下来。实际上，我们中的许多人在本学年都还不能参加数学俱乐部的活动。科里亚来自十年级，皮亚来自九年级，格雷戈尔和莱奥妮来自八年级，而我，来自七年级。按照俱乐部的规定，只有八年级以上的学生才有资格参加活动，但我是个例外，我从五年级开始就被允许参加了。而且，除了科里亚以外，我还是唯一一个真正喜欢数学的人，不管是奥林匹克数学竞赛，还是类似奥

---

① 功能性文盲，指不具备阅读实用文章（如报纸、菜单、商品介绍、征聘广告等）能力的成年人。——译者注

数竞赛的其他竞赛，我都喜欢。

现在我又要参加一个新的竞赛了。我双手托着脑袋，凝视着教室门上的某一个点。就在我走神儿的时候，科里亚浏览了我的正弦函数作业。

"据我的能力看，所有解题过程都是正确的。"他说，"但正弦函数这部分知识，实在太难了。你是在没有任何人的帮助下弄明白的吗？"

"嗯。"我只是这样回答了一声。我这样轻描淡写地回答，是想尽量不让他察觉出我有多高兴。我高兴的不仅是他评价了我的作业，还因为他终于和我谈论正事了，就是关于数学方面的事情。"不过，我花了一些时间才弄明白。"我补充说道。

"尽管如此，也很棒了。"科里亚把练习本还给我，继续说道，"这可是全国奥数巡回赛的题。"

"你是这样认为的？"

"当然，加油吧！"

我们又聊了一些其他的事情，但一点也没聊关于约瑟芬的事。突然间，泽尔胡森老师和一个黑发女孩已经站在了教室里。"拉勒·埃尔德姆。"他向我们介绍，并且重复我们大家已经知道的那些信息。她来自一体化综合学校，和我一样都是七年级的学生，准备和我们一起，为参加全国奥数巡回赛做准备。然后，泽尔胡森老师让科里亚和格雷戈尔坐在一起，这样便于拉勒和我坐在一起，共同攻克难题。只听"砰"的一声，她已经一屁股坐在我旁边了。

"你好，你是马尔特。"她灿烂地笑着冲我说道，她牙齿上的牙套跟她的黑眼睛一样闪闪发亮，"我听说你很厉害！"

我觉得我的脸热乎乎的，脑子里似乎被什么东西搞得乱七八糟。这句话对我来说，简直来得太快了。

我的意思是说，我知道我所做的这一切早晚有一天会被人认可，可尽管如此，当这个情况真的出现了，我却觉得有些不知所措。生活中的一般情况是，当一件你想象中的事情突然变成了现实，现实又与你的想象不完全一样。也许我根本就没有想象过什么，到底想象过还是没想象过，我也搞不太清楚了，但至少我没想象过一个一体化综合学校的学生，或者说一个活泼可爱的女孩对我说出了这句话，并且笑得那样灿烂，搞得我不知说什么好。这样的情景我好像真的没有想象过。

"我对自己所取得的进步也感到非常惊讶。"她继续说道，"其实，我是打排球的，参加奥数竞赛只是顺便而已。"

她这话使我感到很生气。因为数学奥林匹克竞赛通常不是一个"顺便"就能做好的项目，如果你只是演算能力比较强，那是完全不够用的，你还必须要有一个正确的演算方法。无论我们之间的友情怎样发展，我还是

完美如8

希望她能够意识到数学的奥妙。

"在这次全国奥数巡回赛中，你不会走得太远。"我说，"如果你想有所成就，你就必须要全身心投入。"

"重在参与，这就是我来这里的目的。"她迅速回答道。她这话再次激怒了我。如果一个人只是顺便取得了一点进步，就沾沾自喜，那是不可取的。一个人若想在所研究的领域中获得更大的进步，取得更大的成就，那他就要在真正开始之后刻苦努力。

"别担心！"她一边合不拢嘴地笑着，一边说，"你可能比我强一千倍。"这时，泽尔胡森老师来到我们面前，把两张卷子放在了桌子上，这意味着我们的谈话到此结束了。

幸运的是，卷子上的数字不需要谈话，数字只需要自己。

3

矛盾爆发

我刚到家，看到妈妈开门的样子，就觉得家里弥漫着令人窒息的气氛。还有，在她的脸上——眉毛之间突然出现一道深深的皱纹，说明她遇到很难办的事情了。爸爸现在还没下班，所以说一定是她和约瑟芬之间发生了什么。

"我正在翻译。"我刚踏进门，她就这样说道，"请安静些，好吗?!"她的声音听起来很尖锐，而且，直到她回书房前，她才意识到刚才的话有些过分，她用温和的语气补充道，"你在学校过得好吗?"

"还行。"我含糊地回答。我知道我现在说什么都无所谓，因为妈妈可能根本没在听。

"那就好。"她简单地说道，"以后再说吧!"然后就随手关上了房门。

她今天的所有举动，都不像平常我所看到的那样。

平时我因为去数学俱乐部而在学校待了一整天的话，她通常会停下手头的工作，或者至少休息一下，与我说说话。虽然大多数情况下，我们都只是坐下来，喝可可，聊聊天。

数学俱乐部的事情，以及我所经历的其他事情，此刻都无关紧要了，我最想知道的是今天下午家里发生了什么。于是我放下书包，走到地下室。我感觉到约瑟芬的房间里很安静，但我知道，她一定就在里面。

"约瑟芬？"

她没有回答，尽管如此，我还是按下了门把手。

"你想干什么？"她对我大声嚷嚷，然后坐回沙发床上，把笔记本电脑放在她的膝盖上。不仅是妈妈的脸，她的脸也皱成了一团，她们俩之间肯定发生了冲突。

"你在我妈妈工作时打扰她了吗？"我直截了当地问道。因为，我不想让别人把吵架后的怒气撒到我身上，我绝对不做这种傻事。

"也许是她没事找事！"约瑟芬"砰"的一声关上了笔记本电脑。

"她做翻译工作时，不喜欢太大的音乐声。"我解释道，"或者电视声，什么声音大也不行。她需要集中注意力，才能翻译好文章。"

"我听音乐了吗？"约瑟芬气呼呼地吼叫道，"我看电视了吗？我一直在锻炼！"她指着爸爸的杠铃，上面有几个大圆盘——真的很大。"我只是在举哑铃，仅仅是因为我放下哑铃时它发出了叮叮当当的响声，她就跑过来，冲我大吼大叫。很遗憾，你这个时候过来明显是对我兴师问罪，啧啧……"

"哦，不是的！"我说。也许是妈妈做得有些过分了。这么一点叮当声，完全没有可能分散她做翻译时的注意力。除了噪声之外，她一定还被其他事情所困扰。妈妈的举动不得不使我想起这个女孩和她妈妈的事，想起昨天晚餐时妈妈假装与这个女孩和她妈妈没有任何关系的情景，我此时反而为约瑟芬感到难过。试想一下，你与一个人住在一起，而这个人又与你没有任何关系，这种不舒服是可想而知的，即便有人公开表示有不同看法，我也难以接受。

"我觉得妈妈因为这么点小事而大吼大叫，是有些过分了。"我补充说道。

但当约瑟芬随后说妈妈"这个浑蛋"时，我又完全站在妈妈这一边了。

"我妈妈不是浑蛋！"

"是吗？"约瑟芬抿起嘴唇说道，"你知道什么是浑蛋吗？"

我觉得我的脑子乱腾腾的。"我不知道，但浑蛋跟我妈妈有什么关系？"我问道。

"你好好想想吧！"约瑟芬说道。

"也许你会想到的！"然后她再次打开她的笔记本电脑，眼睛看着显示器，手在键盘上打着字。

我的心跳加速，上千个想法在我的脑海中闪过，但我一个也抓不住。

"想到什么了吗？"约瑟芬问道，"如果没想到，慢慢想，我想休息一下了。"

我不知道她想要我干什么，这是她给我留的家庭作业吗？不可能是。难道是一种游戏吗？可她那么郑重其事，又不太像。难道她想借此机会把我踢出门去？更不可能。那么转身就走也不是我的风格。不，问题没有解决之前，我是不能走的。不把事情搞个水落石出就放手，不是我的风格。

"我妈妈没有伤害过任何人。"我说道，"你妈妈生病了，不得不去康复医中心，这不是她的错，而你现在住在这里，是你妈妈安排的。她与你和你妈妈根本没有任何纠葛。她以前从来没有这样过！"

约瑟芬继续敲着她的键盘。

"我还认为，如果你们俩吵架了，我再把你们俩之间的关系进一步弄糟了，这不是很愚蠢的做法吗？"

现在她眯起眼睛看着我。

"我还要专注于我的事情。"我一边吸着鼻涕，一边说道，"当然是关于数学之类的事情。"

约瑟芬装出可怜的样子，做了个鬼脸说："啧啧。"

然后我还是走了。任何事情都不是凭空发生的，都有它的原因。我脑海中涌现出各种各样的猜想，唯有她的话挥之不去。

　　吃晚饭的时间到了，大家都坐在一起平静地吃晚饭。也许是因为爸爸一直在讲他们公司风能产品制造的事，其他人没有机会插嘴说话，或者是因为我心事太重，不想说话，所以没有插嘴。但不管怎样，约瑟芬相当平静地咀嚼着炖土豆，爸爸依然唠叨着他们公司的事，后来终于喘了口气，停下来吃了几口饭。妈妈抓住时机，内疚地朝我笑了笑，问我数学俱乐部的一些事情。

　　"挺好的。"我说，"泽尔胡森老师向拉勒和我讲解了正切和余切的概念。"

　　"哦，真好！"妈妈惊呼道，"今天转学的女孩来了，是吗？"

　　"什么？转学的？"

　　"她学得好吗？"

　　"还行吧……挺好的！"我承认道，"她作业做得很快，也很好。"

　　约瑟芬停止咀嚼，突然抬起头来，仔细地打量着我问道："还有呢？"

　　我不知道她想从我嘴里知道些什么。

"她长得好看吗？"她问。

我差点没被她的话噎住，只能含糊不清地说道："我不知道。"我含糊地回答是因为拉勒长什么样子对我来说并不重要。当然，我现在就可以想出她的样子，她长着一头黑色的长发和一双闪闪发亮的眼睛。"我们正在一起为全国奥数巡回赛做准备。"我生气地补充道。

"你的样子告诉我她长得很不错。"约瑟芬朝我幸灾乐祸地笑了笑，好像她发现了我的什么秘密似的。

"承认吧，你喜欢她！"

我不知道我应该看哪里才好。

"约瑟芬！"爸爸说道，"马尔特才十二岁。"

"差两个月就十三岁了。"我同父异母的姐姐一边说，一边乐得连嘴都合不上了。

就在这时，走廊里的电话响了。"我去接。"我说着就冲了出去。当我把固定电话从充电座上取下时，我就已经在显示屏上看出是科里亚打来的电话了。

"喂？"我跑上楼梯，躲进了我的房间，然后问道，"怎么了？"

科里亚和我不经常通电话。我们通常都是通过WhatsApp[1]互相联系，只有发生特殊的事情时，才打这

---

[1] 德国人使用的一种聊天工具，相当于国内的微信。据说，欧洲大部分国家使用的都是这种聊天工具。——译者注

个固定电话。

他这样直接打电话过来，一定是有特别的事情发生了。我们联系上后，再通过无线网络电话进行交流。

"没什么事情，我只是想和你说说话。"他说道，"数学课之后我们根本没有说过话。"

他只是找我说说话，这让我感到很诧异，但无论如何没有事情发生，就是好事情。于是，我躺在床上，告诉他关于正切线和余切线的事情，告诉他泽尔胡森老师想在接下来的几个星期里为我和拉勒安排所有重要试题的速成课程，这样我们就可以立即针对所要攻克的难题进行归纳总结了。

科里亚又问了一些无关紧要的事情，但他并没有让我觉得，他火急火燎地打电话来，是有什么非常想要知道的事，然后他突然说道："你姐姐呢？她向你说了些什么吗？她觉得咱们学校怎么样？"

当他再次提到"你姐姐"这几个字时，我觉得我全身起了鸡皮疙瘩，于是，我的另一只手的手指紧紧抠进了枕头里。约瑟芬，又是约瑟芬。难怪科里亚不用手机而是用座机给我打电话，他是希望她能冲出去接电话。

"你想让我把她的事情讲给你听是吗？"我非常粗鲁地反问他，"那你为什么不亲自问她呢？"

"哦，不！"他的声音听起来很害怕，"不，我都不认识她。"

"但你可以经常跟她交流交流，不就认识了吗?"

我们沉默了一会儿，谁也没说话。这时我才意识到，约瑟芬根本没有告诉我任何她在学校里的事情。当然，这也可能是因为没有人问她，至少没有人当着我的面问她。

"我什么也不知道。"我压低声音说道，"但我认为她不太喜欢上学。"

"代我向她问好。"科里亚说道，但紧接着他又补充道，"如果你愿意的话。"

"嗯。"我含糊地说。

"好的，那么……再见。"

"嗯。"我说，"再见。"然后我等待着，科里亚首先挂断了电话。打完电话，我的手指又使劲地抠进了枕头里，另一只手按下了结束键，下床，接着去吃晚饭。

要是约瑟芬还坐在桌旁没走，爸爸也没有再谈他们公司的事，我就可以顺便问问她在学校的事。但我是不是要转达科里亚对她的问候，我还不知道。我得先考虑一下。

到了晚上，如果你睡不着，请你不要躺在床上翻来覆去，你应该去做一些事情，直到你真的感觉很累了，再去睡觉。所以我从床上下来，打开装有乐高积木的大抽屉。

我已经很少玩乐高积木了，只是偶尔玩一玩，但现在我想不出其他可以玩的东西了。其实现在你做什么都不重要，重要的是你不再躺在床上翻来覆去，这就够了，不必要求太高。或者你也可以做做数学作业，否则你只会在床上变得更加清醒。

于是，我拿了一个托盘和一些石头积木，然后就开始随意地搭起来，至于搭什么，我不知道，心里也没有想搭的东西。这都没关系，只要你通过搭积木，使自己累了就行，目的是把脑子里那些乱七八糟的想法赶走。

你现在还在想那些乱七八糟的东西吗？唉，真希望我不想了！但原来的想法还在脑子里转悠，可也没转出什么有用的，除了愚蠢的想法，再也没有别的了。

这或许就是夜间的真实想法。

我看着我正在搭的一面基础墙，墙的一侧有一个开口，另一侧有一个矩形凸起，我试图把我的全部注意力都放到搭积木上，但不知怎么搞的，没有用。我怎么也想不出要搭个什么东西出来。

妈妈，那个浑蛋。约瑟芬不会是这么说说而已，我的意思是，当你对某人很生气时，你会骂人，说脏话。但约瑟芬是认真的，好像不是由于一时的生气才那么说。但妈妈不是什么浑蛋，妈妈是一个已婚妇女——与约瑟芬的母亲形成鲜明的对比，爸爸只是和她在一起，并没有跟她结婚。需要明确的是，约瑟芬的母亲，一个叫梅兰妮的阿姨，她和爸爸的事是发生在妈妈和爸爸结婚之前的，我经常听妈妈这样说。在约瑟芬很小的时候，爸爸就跟梅兰妮阿姨分手了，后来爸爸才跟妈妈结的婚。

无论如何，这是爸爸的权利，也是妈妈的权利，因为妈妈以前没有和任何人在一起过，只是一个人生活。那么，约瑟芬也不必假装自己是一个多么了不起的人！

我愤怒地将一块块石头积木摞在另外一块块石头积木上，想用我的全部力量把脑子里的这些思绪抛到九霄云外。

但是不行，当一波思绪被我赶出去之后，另一波思绪又接踵而来，占据了刚才被赶出去的那一波思绪的位置。

现在拉勒的事又涌上来了。从约瑟芬的话里可以看出，她似乎想借此影射什么事情。因为我和拉勒一起做数学作业了，所以约瑟芬就如侦探般推理说我爱上了她。当然，她，就是拉勒，她长得还是挺好看的，但这并不意味着我就喜欢人家。很多人长得都很好看，也很聪明，但这并不意味着你就一定喜欢她们。好吧！按照这种方式推理的话，当爸爸说我只有十二岁时，无论是约瑟芬还是爸爸，其实都认为我喜欢上了人家，那么，科里亚打电话过来，并奇怪地让我代他向约瑟芬问好，或许这就意味着科里亚喜欢上了约瑟芬?！

此外，如果我喜欢上了拉勒，那我未免太愚蠢了。拉勒在全国奥数巡回赛中是我的竞争对手，我怎么可能喜欢上她！这就像科里亚喜欢我同父异母的姐姐一样愚蠢。

我又从抽屉里翻腾出更多的石头积木，这些都是完全标准的八棱柱、四棱柱和十六棱柱积木，是妈妈小时候玩的积木，她在我很小的时候给了我，是我继承下来的。

现在能看出来了，我正在搭的，显然是一座房子，是一个简单的婴儿房，就像我以前搭的房子一样，但我一开始想搭的并不是一座房子，而是《星球大战》和《幻影忍者》中的一种模型，然后是乐高机械模型。搭出这么简单的东西也是情有可原的，因为我全凭手指的感觉随意摆放，这让我感觉有点像回到小时候。但同时它也有很大不同，因为搭建一些部分时我手指的感觉与小时候不一样了。可不管怎样，最重要的是，搭积木使我摆脱那些愚蠢的夜间思绪，还能对抗那种早上不爱起床，起来又不愿做任何事情的毛病。等待疲倦到来，是有帮助的。

你现在还在想那些乱七八糟的东西吗？拉勒，科里亚，浑蛋。

突然间，我对这个我用积木搭的婴儿房感到不安。如果有人看到它，最可能看到它的就是约瑟芬，然后，

她会告诉学校里的每个人我昨天晚上坐在房间里干了些什么，那将会多么尴尬。我匆忙拆掉了积木搭成的小房子，然后把托盘和积木全都放回到抽屉里。

思来想去，我现在不想再搭乐高积木了。我更想躺下来，睡上一觉。明天可能会和过去的几天不一样。当然，绝对不会像很久以前那样平静，不过，我已经有点习惯了现在的生活。因为我喜欢习惯。习惯就像我喜欢的数学一样，习惯是从不习惯转化而来的，和学数学的道理是一样的。

4

我的诗朗诵

两节德语课连着上，其实也没什么了不起的。但如果你睡眠不足的话，两节德语课就会让你吃不消了。

尤其当整个世界被一场毛毛雨覆盖，天空还灰蒙蒙的，再加上乌尔里希在不停地唠叨一首诗，你就更吃不消了。她唠叨的诗更准确地说是一首叫《马戏团的孩子》的诗，是一个名叫罗莎·奥斯兰德的女人写的，她已经死了，这首诗描写的也根本不是一个真正的马戏团孩子的事，而是关于这个女人自己和她想象的事。

我对诗一点也不感兴趣。

对故事，我还有点兴趣，故事中有令人非常兴奋的故事情节。

很小的时候，妈妈就给我读一些故事听，我总是很喜欢，读到有关特殊技术、船上旅行或太空旅行的情节时，我更是喜欢得不得了。我现在就有这种感觉。我有

时还会读一些书，但不一定与德语课上教的一样。

但是诗歌，我不喜欢。我总觉得它们有点夸张，尤其是它们没有固定的格式，只是由一些不着边际的句子组合而成。最糟糕的是，有时候它们都不是由真正的句子组成的，而是像乌尔里希描述的那样，由一个个意境组成的，这绝对不会像数学那样符合逻辑。如果你一句句读起来，读了半天也不知道它们想说什么。如果让我写诗的话，我至少可以让它们押韵，而且每一行都对仗工整，这样才像一首诗。但是当然，我一首诗也写不出来，因为我对此不感兴趣，而且我也不想谈论任何一首诗。

"马尔特，看起来你对诗很有看法。"乌尔里希突然冲我说道，全班同学的目光立刻向我投来，"你对《马戏团的孩子》有什么看法？"

"哦，没什么看法。"我低声说，但乌尔里希不依不饶，非让我谈谈。

"跟大家讲讲吧！"

我耸耸肩。"我不知道。我就是不明白什么叫诗。"

"那么，请你把这首诗朗诵一遍吧！"

大声朗诵？我也不习惯这样扯着嗓子读。但现在我必须要这么做，不管是好还是坏。于是，我拿起了课桌上的那张纸，在那张纸的中间复印着一段字号很小的诗，为了朗诵起来流畅，我飞快地用目光扫了前面几行文字。

"我是一个马戏团的孩子。"我朗诵起来，乌尔里希
对着我微笑。

> 我走在一个大皮球上
> 来来回回地
> 玩着花样。

> 我走在一条钢丝绳上
> 它横跨在环球马戏团的
> 舞台中央。

> 我骑在带翅膀的马上
> 越过长满玫瑰的草场
> 那是梦想成长的地方。

> 有人向你抛去
> 梦想之球
> 请接住它！

"好！"乌尔里希说道，"梦想之球。你觉得'梦想
之球'指的是什么？"她一直在盯着我看。

我再次耸耸肩。"我认为，每个人都应该有自己的

梦想。"

"啊!"她说道,从她的表情来看,好像我已经向她透露了我的心思。

"那么,传给你梦想之球的人应该是谁呢?"

我又看了看复印在那张纸上的几行字。

"那个人,就是把梦想之球传给我的那个人呗!"

"完全正确。那么,把梦想之球传给你的那个人是谁呢?"

我觉得我的嘴唇越来越干。我一次又一次舔着发干的嘴唇,但都没有用。我的眼睛紧紧盯着纸上的那两行字:

有人向你抛去梦想之球。

继续读。

请接住它!

"那么谁会先产生憧憬并且被这种憧憬所触动呢?"乌尔里希继续问道。

我有点说不出话来。"是读者吗?"我急忙轻声问道,"是罗莎·奥斯兰德所说的读者?在她的诗里说的?也就是说,把梦想之球传给我的是诗的作者。"

"没错。"她高兴地说道,"一首诗往往是一种对话艺术的体现。"现在她终于让我安静地一个人待着了。

马茨在一旁用胳臂肘捅了我一下,并且咧嘴一笑,低声说道:"你今天充满了德国职业选手的气质。"

我没有急于回答他,而是用沉重的眼神看着窗外灰蒙蒙的二月天气。我在脑海里拼命地想象,骑上一匹长着翅膀的马,飞驰在一片梦想中的草场上的景象。但是我想象不出来。眼前的这所校园,只有一些乒乓球台子,乌云密布的天空,还有一幢带有专用房间的楼房,那里有我们的物理、生物和数学俱乐部。

我根本不是那种会接住梦想之球的人,也不是那种可以利用诗的魅力做点什么事情的人。

课间休息开始了,外面仍然下着毛毛雨,几乎整个学校的人都挤进了那家咖啡馆。

通常情况下,在这种拥挤的人群中,你可以直接站在某个人的旁边,但你仍然看不清他是谁,因为总是有人从你的身边走过去,或者推开你,或者用那宽大的肩膀撞开你,挤到你前面去,走向卖食物的柜台。但我却屏蔽了所有人的干扰,一下就发现了约瑟芬。

她坐在一张桌子旁,双手无聊地托着自己的两腮,她的举止让人觉得,这种乱哄哄的环境似乎跟她没有一点关系。更不可思议的是,就像我们两个之间有一条目光隧道似的,她也一眼看到了我。而且,因为我马上意识到我不能把目光从她身上移开，转向马茨和菲利普，还因为当她那样看着我的时候，她似乎根本不在乎我是不是由于在这里遇到她而感到很尴尬。于是我礼貌地向她点点头，马上对马茨和菲利普说："我去去就回来。"然后就直接向她走过去。

"嘿！"她向我打招呼道，"怎么了？"

"没什么特别的，你呢？"

她不但没有回答我，反而拿开托着两腮的手，稍微坐起来一点，审视着我说："你累了吗？"

"昨天晚上我几乎没有睡。我在读德语……的诗！"

"太酷了！"她说。过了一会儿我才意识到，她并不是指我因为睡眠不好感觉疲惫的事，而是在说读诗的事。

"怎么样？诗写得好吗？"

"你觉得怎么样？"

我咬了一口奶酪三明治，我想知道她是不是在讽刺我，才故意这样反问的。

"不管怎么样，比上体育课好多了。"她补充道，"现在我总算明白了，如果一个生物体有了那些爱运动的该死的基因的话，那他就可能会变得非常疯狂。"

现在我有点感到惊讶了。"我以为你喜欢运动。"

"是喜欢，但不喜欢学校体育课上的运动！"如此看来，我早就应该知道她喜欢竞技性的运动了。

"我也特别不喜欢学校的体育课。"我急忙说道，但

突然又想起了一体化综合学校的爱打排球的拉勒，同时也想知道她是在社会上的俱乐部里打球，还是在一体化综合学校的俱乐部里打球。

约瑟芬打断了我的思绪。"但如果我仔细想一想的话，我无论如何都不会去的。"她说。

我听到这句话时，心跳加速。"你不去哪儿？"

"当然是不去上体育课了。"她从桌子旁猛地站起来说道，"生活中还有更重要的事情要做。"

"但你不能……不去上课啊！"

"我为什么不能不去？"她的声音的确有点太大了。

有几个人转过头来看着我们，科里亚也在他们之中，我猜他总是爱出现在约瑟芬出现的地方。也许他已经偷偷听我们说话有一阵子了，只是没有引起我们的注意而已。

"你好。"当我们目光对视时他说道。他说得很清楚，约瑟芬应该也听到了。

然而，她对他的关注与对自助餐厅里的其他人一样少。她漫不经心地抓起背包，拉上连帽衫的兜帽，揉了揉我的头发。"再见，小不点！"她说。在我还没来得及做出回应她的动作之前，她就已经离开了人群，说来也奇怪，人们顺从地为她腾出了空间。

"她怎么了？"科里亚问道，并在困惑中一直看着她离开的背影，直到他什么都看不见为止。

"我不知道。"我记得她一开始就坐在那里，两手托着沉重的脑袋，"或许她心情不好？"

"去去去！"他挥手说道，"她好像真的心情不好。发生什么事了吗？"

我本来不想跟他过多谈论关于约瑟芬的事，但我突然想到了一件事情，一件一直在我耳边回响的事情。"你们十年级的学生学到遗传学的内容了吗？就是 DNA 之类的东西？"

他挠挠后脑勺，然后说道："嗯，我们刚刚开始……接触到一些显性和隐性遗传，以及遗传基因如何影响下一代的知识，例如红头发或某些疾病等。"

"嗯，那就是了。"我说道，"具体谈到什么病了吗？"

"不记得了，各种病。你问这个干什么？"

我眯着眼睛看着他，他还没明白我的意思。尽管他对我同父异母的姐姐很感兴趣，但他还是没有明白，我是在为了她问这件事。

不过，在她的母亲刚刚得了癌症的时候，跟她谈论遗传病的事，这绝对是不合时宜的。当然，遗传问题不能成为不喜欢体育课的借口。

"好吧，就这样吧！"我回答道。科里亚的表情看起来比之前更加困惑了，然后他好像有什么话要对我说，但这时有人从后面拉了一下我的夹克，是马茨和菲利普。

"我们想出去一会儿，你和我们一起去吗？"菲利普问。

"好吧！"我说。这一次是我先离开了科里亚，而不是科里亚先离开了我。

第五节和第六节的历史课取消了，我们被允许进入计算机房。按照老师的说法，我们的任务是在电脑的虚拟空间里学习关于金字塔的知识，因为我们已经应该学习人类早期的文明发展。但代课老师不看我们是否真的按照老师的布置去做了，只是漫不经心地翻阅着她的文件。我们每个人都在网页上搜索自己想要知道的内容——除了我们的好学生拉斐尔外，他可能真的完全按照老师的布置去做了。

坐在我右边的菲利普甚至打开了一个游戏页面，坐在我左边的瓦莱丽亚已经登录了她的照片墙①账户。

而我先读了一些关于乳腺癌的早期警告信号、风险因素、治疗方案等方面的文章。其中一些文章的题目令我感到莫名其妙，有很多让人摸不着头脑的地方。可是当我输入"乳腺癌"和"遗传"时，文章的内容却变得有趣起来。说实话，虽然有趣，但也很复杂，而且，这种讲述疾病症状的内容是有点令人恶心的，所以我很快

---

① 一款运行在移动端上的社交应用软件，人们可以通过它以一种快速、美妙及有趣的方式，将你随时抓拍的照片分享出去。——译者注

就不再看这些文章了。

为了避开这些我不喜欢的文章，我接着打开了百科的页面，看看有关埃及金字塔的文章，这些文章的题目直观地向人们展示了文章的主题内容。我打开了一篇很有新意的文章，没想到直接进入了我喜欢的数学知识页面。在这里，几乎所有你想学习的数学知识都有，然后你还可以做各种练习并在需要时获得提示，你也可以直接看解题过程。当我点击进入三角函数章节时，我发现了有关切线问题的解析练习题，于是我打开了一道练习题。但后来我想到了一件更好玩的事情，我想起了拉勒。

于是我在搜索框输入"拉勒·埃尔德姆"，谷歌告诉我叫这个名字的人有很多，在德语和土耳其语网站上都有。我又输入了一体化综合学校的名字，这才在学校的网页上找到了真正的拉勒。她曾告诉过我，奥数比赛结束后她还会和他们学校排球俱乐部的同学们一起玩。

我继续点击主页上的相册，又在学校合唱团的照片中找到了她。然后在一张学校庆祝节日的照片上，我又找到了她，虽然她只是处在一个不显眼的位置。每当我在完全不认识的陌生人中认出她时，我都会全身抽搐一下，有点像下车时在车门上触电的感觉，一半难受，一半舒服。

然而，当我们的代课老师突然站在我身后，问全班同学我们的数学大师在做什么时，一种不愉快的感觉传遍了我的全身。当我回过头来眯着眼睛看她，她的目光居然落在了我的脸上，一动不动地盯着我看。

于是我飞快地关上了一体化综合学校的网页。当金字塔的画面再次出现在屏幕上时，我松了一口气。但尽管如此，谁知道她是否看到了我刚才在看的东西，也许她的目光只是短暂地从我身边掠过，也不一定就看清了我刚才在看的人是谁，也许她只看到了菲利普，或者瓦莱丽亚的电脑屏幕。突然间，我有一种感觉，感觉全班同学都知道我在谷歌上搜索一个女孩子了。我已经开始感到难堪了，但其实我搜索的拉勒本人，以及所有其他的同学，大家都在安安静静地看电脑，没有人说话，也没有人窃窃私语，更没有人在看我。也许我的感觉是错的。

事实上，大家都在看我们的代课老师，都在听她说我们应该努力寻找问题的答案，并且要把找到的结果记下来。这一次我一定会照她说的去做，就像我们的好学生拉斐尔一样听话，相信其他同学也一定会这样做的。

只是现在我脑海中还是在想拉勒，回想她在那些照片中容光焕发的样子，在她周围的那些男生令我……讨厌，那个关于癌症的念头又突然闯入我的脑海中了。但至少我可以找机会告诉约瑟芬，让她不必担心，乳腺癌不属于遗传病。

乳腺癌以显性方式遗传是绝对的例外，在大多数情况下，它发病的原因根本没有人知道。

5

再也回不到从前了

　　逃学对我同父异母的姐姐来说不是一件好事，至少就令全家人担心而言，也是不应该的。她甚至没有费一点心思来掩饰一下自己的行为，而是直接对全家人的关心进行了猛烈地冲击，她甚至都没有去上最后两节德语课。现在，她不仅使妈妈揪心，同时也使爸爸皱起了眉头。

　　包括爸爸在内的所有人，都已经忍受她那杀手般目光的扫射好几天了！

　　爸爸下班回来后，约瑟芬就一直在和他争吵，在我们家一个房间只有一扇门，根本没有更多的门可以关上的情况下，吵闹声会让你根本无法平静。在这种情况下，即使是正常的家庭作业也没办法完成，更别说钻研奥数题了。

　　说来也巧，泽尔胡森老师正好让我星期四下午六点之后带着作业到他家去做。这样我就不用等到下一次数学俱乐活动时，才能让他批改作业了。

不知道什么时候，我鬼使神差地走出了自己的房间，这种行为对我来说，未免太愚蠢了。我走下楼梯，通过过道，走进了"狮子窝"，我是说，走进了客厅。

"……逃学是绝对不可以的！"爸爸一边喊，一边在铺着瓷砖的地板上来回走动，"我就直说了，我想特别强调的是，你不能就这样放任你自己。尤其是你现在已经是十年级的学生了，更是不允许逃课的。"

坐在椅子上晃晃悠悠的约瑟芬从鼻子里"哼"了一声，她似乎是在强忍着不让自己笑出声来。"你在说什么呀，克里斯蒂安？"

"看在老天爷的分儿上！"爸爸说道，他从推拉门的门缝里看到了我，冲我使了个眼色，"马尔特，现在是最糟糕的时刻，你先不要进来。"

"那什么时候是最不糟糕的时候？"我反问道，"是你们的争吵停下来的时候吗？"

爸爸可能没想到我会在推拉门的后面说出这种话，他生气地看了我一会儿，然后脱口而出："我们不是在争吵，我们是在讨论。"

爸爸的话让约瑟芬笑得前仰后合。"是吗？"

"不管是讨论还是争论！"爸爸说，"至少我们在说你的教育问题和你的未来，不是吗？"

"我不这样认为。"她从椅子上站起来，无动于衷地从爸爸身边走过去，"你关心过我的未来吗?"

"当然关心啦!"爸爸跳起来挡住了她的去路，"我毕竟是你爸爸。"

"得了吧!"

"你说什么? '得了吧'是什么意思?"

"得了吧就是得了吧。'得了吧'就是对你说的话表示怀疑。"

"我举起的手也许真的会落下去。"爸爸气呼呼地说，我有一点担心，他可能真的会打约瑟芬。

"住手!"我阻止道，"不可以!"

爸爸猛地转向我。"我什么都没做。"

"你是什么都没做!"我喊道，"可你一直都一副想打人的样子。你看你现在的样子，你敢说你没想打约瑟芬?"

"我好像……"爸爸气喘吁吁地说，"我这辈子从来都没有……打过谁，你以为我是……什么人。"

他停了下来，因为约瑟芬已从他身边绕过，跑出去了。"你想去哪儿?"

"你还不明白吗?"她反问道，"连马尔特都对你的所作所为感到不安了。"

爸爸在她和我之间来回打量着。"安佳!"然后他喊道，"你能来一下吗?"紧接着他又对我同父异母的姐姐说道，"你先别走，留在这里，年轻的女士，我们还没说完呢！"很显然，他已经决定，我们俩他谁都不打算放过，无论是由于她的行为，还是由于我的行为。

然而，他的命令对约瑟芬来说，似乎没有起到任何作用，她只管继续往前走，从我身边挤了过去。紧接着妈妈走了过来，她抚摸着我的肩膀，暗示我去厨房，这意味着不关我的事了。这时爸爸跟在约瑟芬的身后屁颠屁颠地走下了地下室，我几乎不敢想象爸爸是如此愚蠢，愚蠢而爱生气，让我感觉那么陌生，我真的很想哭，但又无法痛快地哭出来。

不管他们了，妈妈随后关上了厨房的门，问我要不要可可和饼干什么的。她的举动好像在说，刚才什么都没有发生。我们好像总是无法度过一个正常的下午。妈妈的眉头中间似乎又出现了皱纹，我不想坐下来和她谈论这件事，我现在心里有些堵得慌。

"不，我什么都不要。"我支支吾吾地说道。

妈妈叹了口气说："也许有点晚了，马上就到吃晚饭的时间了。"

"那我就回房间去了。"

她点点头。当我转过身去，按下门把手时，再次听到了她的叹气声。

"马尔特。"

"嗯？"

她沉默了一会儿，然后说道："没事。上楼去吧。"

于是我就上楼去了，但当我走上楼梯时，我问自己，她明明想说什么，为什么又没说出口呢？

为什么爸爸不愿意让我在客厅里待着呢？我开始慢慢意识到，自从约瑟芬来了以后，我们之间的一切都不太对劲了。这一切，我都看在了眼里。爸爸妈妈不必假装这事与我无关，或者假装他们已经控制住一切，我不必为此担心。

我又一次发现他们愚蠢的一面：一个成年人把一个东西说成是另一个东西来愚弄你，他们的这种做法比其他任何骗人的方法都要糟糕。

约瑟芬不知什么时候突然出现在了我的房间里。她没有敲门，也没有打招呼，就进来了。我敢打赌，她甚至根本不知道哪个房间是我的。

"嘿！"她说。

我从桌子旁抬起头来看着她说："爸爸最终让你安静下来了？"

她苦笑了一下，点了点头。"你在做数学练习题吗？"她问道，"为了准备奥数比赛？"

"不是，我现在还不能这么做。"我耸耸肩说，"无论怎样，还是要先学学德语才是。"

她走近我，弯下腰来看着我的笔记本说："又是诗？"

"是的，很不幸。这是我们老师布置的一项作业，作业中提到的这个问题我们在课堂上根本没有讨论过。她让我们写出这首诗的韵脚和描写的景象，以及表达的含义等等。"

"给我看看。"她说。于是我从笔记本里把那张写着家庭作业的纸抽出来给她看。

"哦，克劳斯·科登的诗！"约瑟芬喊道，听她的语气，好像这个作者她很熟悉。然后她朗诵道：

就这么简单

我想当一个十足的傻瓜，
只想整天笑着，
横七竖八地躺着。
前面的离去，
后面的跟上，
他们跳得真好。

我想当一棵森林中的小树，
让柔风轻轻地吹着，
勇敢而又充满激情，
才能得到新的叶子。

我只想拥有一切，
只想静静地站着，
只想静静地跳着。
当我难过的时候，
您听我轻轻地唱。

"好吗？"我问。
"好极了。"她说。
"你觉得呢？"

约瑟芬把那张纸放回到我的桌子上。"这首诗是说，树木枯萎的叶子凋零后，长出新叶子需要勇气，同时这个过程是令人愉快的。就像人经历分娩的痛苦之后，诞生的是令人喜悦的宝贝，你懂了吗？再下面是说，人在悲伤难过的时候，需要唱首歌排解一下……你在阅读的时候要学会轻松自在地呼吸，想象一下，亲自尝试一下！"

也许这首诗说的是对的。不过，不是每个人都可以在悲伤的时候，用唱歌来排解，这应该是一个特殊的人做出的特殊的事情。能用唱歌来排解的烦恼也许并不只是烦恼，还有一点希望在里面，就像分娩时的痛苦和新叶子的生长。至少我可以写出类似的话来完成作业了。

"你是怎么知道这首诗所描写的东西的？"我问道。
"只要你仔细地读一读它，你就可以领悟到它描写的是什么了。"

约瑟芬没有正面回答我的问题，而是从我的写字桌旁走开，在我的房间里东走走，西看看。突然，她停在我的书架前，仔细地看书架顶部的一个积木托盘，并踮着脚尖，拿起一块乐高积木，放在我的床头柜上。然后她又转向我问道："你与那个女孩的事情怎么样了？"

她的话吓得我差点从椅子上掉下来。"与哪个女孩？怎么了？"

"嗯，那个！数学俱乐部新来的那个。"

"哦，她叫拉勒。"我低声说道，我希望我的回答能够满足她的好奇心。

但约瑟芬只是用审视的目光打量着我。"然后呢？"她问。

"然后她怎么了，我不知道。"我防备地说道，"她甚至不去我的学校了……也就是……不去我们的学校了。"

"这事我已经知道了。你看这里。"她指着我的电脑显示屏说，"你在谷歌上搜索过她了。"

"电脑根本没有启动。"我又挣扎了一次，但约瑟芬已经按下了开机按钮，并俯身趴在我的桌子上。

于是，我在一体化综合学校的网页上找到了她，她穿着一件排球运动服。

"长得挺酷。"约瑟芬说道，"真让人期待！"她是认真的，没有撇嘴笑，也没有对学校、体育之类的事情

发表任何评论。

我对她表示了抗议，并且宣布我跟那个女孩之间什么事都没有，因为拉勒只不过是跟我一起做奥数作业的同伴，我希望在奥数竞赛上能够一举击败她。约瑟芬却只是挥挥手，站了起来，打开了我房间的门。"哦，顺便说一句，"她离开时说道，"我要自己写诗。你等着看吧！"转眼间她就走出了我的房间。然后，我听到她走在楼梯上的脚步声，和她小声唱歌的声音。当我意识到她是在为自己唱歌时，我也开始哼哼，为我自己唱起歌来。

不知是谁又在楼道里搞出了声响。

晚饭时，妈妈、爸爸和我三个人围坐在饭桌旁。约瑟芬没有来，尽管爸爸给她打了三次电话。她的地下室里甚至没有响亮的音乐声传出来。

"她是故意这么做的。"爸爸抱怨道。他正要跳起来，准备再打一次电话试试时，妈妈把双手交叉起来，劝阻了他。

"你不用这么着急，克里斯蒂安。她可能只是在等着我们乞求或者恳求她来吃饭而已。"

我不喜欢妈妈说的这些话，也不喜欢她那种尖酸刻薄的语气。不是的，真的不可想象，约瑟芬怎么会那样做呢！她不来吃饭，一定是有其他的原因，妈妈似乎根本没有考虑到这一点。

"也许她现在很忙。"我针对妈妈的话说道，但我心里想的是，如果约瑟芬的体重接近爸爸的话，会是什么样子。因此她不能为了吃顿饭而突然停止自己的锻炼。也许她正坐在笔记本电脑前沉浸在某件事情之中，比如沉浸在一篇关于乳腺癌遗传的文章之中，或者沉浸在一首诗的意境之中。

"那好吧！我们就不用等她了，开饭吧！"爸爸说着，从面包筐里拿出一片面包。

事实上，现在的这顿晚饭可能只是一顿普通的晚饭，就像我们在约瑟芬没来之前吃过的数千次晚饭一样。但是，这件事并没有真正结束。即使爸爸关心地问关于约瑟芬的戏该怎么唱下去，妈妈也只是简单地说几句好话而已，她显然是试图让她的声音听起来更加友好，但空气中依然弥漫着要吵架的气氛。

"约瑟芬的戏又该怎么唱呢？"我反问道，"全国奥数巡回赛就要开始了，像今天这样吵闹，我什么也做不成了。"

爸爸妈妈露出尴尬的表情。在大赛前的这个时候，我很想给自己再增加一些学习的难度，我向他们说了这件事，但没有人考虑或重视我说的话，而且好像认为我的想法有多么卑鄙似的。我的脑海里总有一个人在叫"啧啧"，于是我决定放弃谈论奥数竞赛的话题，尽管我

是对的。这就是为什么当爸爸说"对不起"时我也回应"没关系"。无论怎么说，"对不起"也只是一个句子而已。

对不起的话音刚落，他就抱怨着向约瑟芬的地下室走去，只因为她没有来吃晚饭。

"还有什么要说的吗？"妈妈问我，"今天在学校都做了些什么？"

又是那句话。今天在学校都做了些什么？我不知道该怎么回答她。难道我要说我在休息时遇到了科里亚，但仅仅是因为他在寻找约瑟芬，说他与她会面是一种愚蠢的行为？还是说我在谷歌上搜索了拉勒？

"历史课取消了。"我回答道，"我们就去多媒体教室查一些资料。"

妈妈叹了口气，说道："总是取消这节课。"然后有关学校的话题就此结束了。

爸爸回来后又谈了一些关于他们公司的事，妈妈说了她与法国女作家打电话的一些情况，还说她正在翻译这位女作家的作品，我的父母好像还说了以后的晚饭都会与往常一样的话。

但事实并非如此。就在今天之前，我同父异母的姐姐称我们的父亲为"克里斯蒂安"而不是爸爸，称妈妈为"浑蛋"，一切都不像从前了。

爸爸妈妈的做法实在是蠢。即使他们认为约瑟芬有时很可爱，能在德语应用和其他方面帮助我，但这也远远不能解决她目前所遇到的问题。仿佛之前的一切秩序都轰然倒地，并支离破碎了。

　　而我不由得想起我还是个小孩子时的事，我那时只知道自然数，比如"3"，我会想到妈妈—爸爸—马尔特；"5"，我会想到每个人手上的五根手指头；当然还有"8"，美丽的"8"。但后来，不知道什么时候，我意识到还有负数，它们代表的是小于 0 的数，分数代表的是更多的数字比率，还有无理数，它们的小数点后面有无限多个数字。我哭了又哭，但都没有用，现在的这个状况，再也回不到从前了。你可以学习规则和公理，但你不能假装没有圆周率，没有 $\sqrt{2}$，没有无穷大。

　　唉，世界上的事不会总如你所愿！

6

愚蠢的决定

　　尽管人的心情不好，老天还是下起了毛毛雨。第二天上学时，我会在课间休息时与马茨和菲利普一起去校园里转转，到时候戴上兜帽，能防点雨就行了。实际上，这是我心里的一个安排，因为我不想去自助餐厅，我受不了自助餐厅和我同父异母的姐姐周围的喧闹（假设她今天没有逃课，否则她还会把这里的喧闹带回家），我也不想在这个地方回答科里亚的问题。如果约瑟芬真的在自助餐厅里，科里亚也一定会在里面，这会更加让我受不了。

　　但如果我在课间休息时能遇到科里亚，当然是再好不过了。

　　不管怎样，我们只是四处走走。天气太冷了，马茨、菲利普和我受不了了，我们紧紧挨在一起，沿着大楼走，这样我们的牛仔裤就不会被打湿，也不会太冷了。然后我们吃了些面包，又聊了一会儿。没什么特别可聊的，因为我与马茨、菲利普的确没什么共同话题，我们时而聊点游戏里的事，时而聊点学校里的事，但聊着聊着，聊出了一件很有趣的事。马茨突然模仿起我们的价值观老师杨森·魏兰德，他模仿了这个女老师上课时的表情和动作，他模仿得惟妙惟肖，他真的很擅长模仿。

我也试着模仿了一下，菲利普也试着模仿了一下，我们都笑得前仰后合。说话间到了休息时间结束的时候了，当我们走回教室时，菲利普突然问我们，是否要来个约会。

于是，马茨、菲利普和我一起约定，放学后到菲利普家里去。

菲利普话音一落，我就考虑了一下，我是不是一定要到他家去？毕竟我们还不是朋友，另外我也有些数学作业要做。但考虑到我们约定时的融洽气氛，我就随口说了声"好的"，马茨也紧跟着说了声"好的"。就这样，我们约定好了。

在接下来的一个短暂的课间休息里（这时真的下起雨来了，我们只能留在教室里休息），我冒着被老师发现我使用手机并没收我手机的风险，给妈妈发了短信，妈妈很快就回复了。

我为你感到高兴！她回复道，她好像感觉我与马茨、菲利普约会是件好事，但我觉得这也没什么大不了的。

放学后，我们乘公交车向北，到菲利普家时，他家里没有人，但有几包三明治面包和切片奶酪，还有我们在家里从来没有见过的各种涂抹酱，它们看上去太不符合健康标准了。但是我们饿了，也顾不上那么多了。我们一通狼吞虎咽，然后坐在菲利普的家用游戏机旁，玩一款普通游戏机中绝对不存在的游戏，这个游戏需要一个游戏手柄，这是普通游戏机没有的。这是一款关于狂野西部的游戏，因为那里到处都是恶棍，所以他们总是在战斗。这就意味着，你要不停地射击，不停地投掷燃烧弹，有时你不小心还会自己引爆炸药包。其实这款游戏很有趣，菲利普当然比我更有经验，马茨也能很快解决一些问题，他目前要做的一件事就是杀死一只灰熊。而我只是跟在他们后面走，看看我能做些什么，我把所有重要的事情都留给他们去做。接着游戏画面变得平静下来，我们趁机在一个小镇上买了新装备，这时马茨突然问道："你同父异母的姐姐怎么样了？"

我在椅子上抽搐了一下。"嗯，有点烦人。"

"我妹妹也是。"马茨马上说道，但我意识到每个人心里都明白，约瑟芬的烦恼与普通姐妹的烦恼是不能相提并论的。

我的话使马茨和菲利普看起来有些不知所措。菲利普说他在公交车上无意中听到一些年龄大一些的女孩在谈论约瑟芬，问我想不想知道她们都说了些什么。

"算了吧！"我挥挥手说道。

他们两个相互看了一眼，我觉得自己来这里可能是个愚蠢的决定，因为这个话题现在看来还有可能会继续下去。然而，马茨随后就对我喊道："治安官！忘掉约瑟芬吧！"由此看来，马茨和菲利普对我同父异母的姐姐似乎没那么感兴趣，而我也不想这么轻易地输掉这场游戏里的战斗。我们在小镇上买了新装备。然后，我更加有底气了，我不停地进攻和扫射，因为现在我有了战斧，马茨开始称呼我为"杀手"。有了战斧之后，我才发现了这个游戏的乐趣。

菲利普从厨房拿来薯条和可乐，然后我们再次坐回游戏机前，进入游戏画面，穿行在乡村之间，不停地大口咀嚼食物，继续着我们的冒险，追杀敌人，相互大笑。这个时候，我几乎感觉，我们像真朋友一样了。

至少现在是这样。

报应在星期四如期而至。一整个上午，我都在为没有完成泽尔胡森老师布置的作业而烦恼。我并不是忘记做了，而是我只算出了八分之二的题目，并且都是比较简单的问题。使我分心的并不是那些鸡毛蒜皮的小事，因为这些事情每天都在发生。真正使我分心的，首先是

来自约瑟芬的精神压力，其次是昨天马茨和菲利普说的那些事。这些事还不够我烦恼的吗！课间休息时我想躲在一个安静的角落里，这样至少可以再做几道练习题，但马茨和菲利普自然地走到我面前，好像从现在起我们三个做什么事情都要在一起似的。

"我还有许多事情要做。"我一边说，一边打算离开他们，但在这个拥挤的走廊里，你不可能走得很快，而且他们两个也并没有想放我走的意思。

"也许你们两个很快就可以一起在我家过夜了。"菲利普说，"你们愿意吗？"

马茨认为这个想法很酷，并谈到了接下来的几个周末，他可能会去踢足球。然后他们两个看着我，等待我的回应。但我现在没有这个心思，我能够想到的只有等着我完成的作业，而且我时间不多了，所以我拼命地向门厅冲去。

"马尔特，你呢？"我们走到楼下的时候，菲利普问道，"你想来吗？"

"我还有许多事情要做！"我连说了两遍，并用带着歉意的口吻补充道，"因为我要参加奥数竞赛。"然后我推开门厅的玻璃门，赶紧走了。

他们没有跟我一起走。当我再次转身时，发现他们只是站在那里，看上去有点滑稽。然后我看到他们向自助餐厅走去，并且一边走一边继续谈论着什么，可能是关于过夜派对的事，关于他们在过夜派对时想做的事。我想我去或不去，没有那么重要。

于是我继续一个人往前走，我不知道是应该让自己放松一下，还是应该把自己生的闷气发泄出来。不管怎样，我瞄准了乒乓球台后面的一堵墙壁，靠着它坐了下来。刚冲洗过的混凝土地面又冷又不舒服，但我尽量不去想舒不舒服的事，然后我打开我的笔记本，阅读泽尔胡森老师老师布置的第三道练习题。这是一道关于切线函数的问题，我以前从未做过这方面的练习，我不得不承认，这题目可真的有点难。或者应该说，有点可恶。无论什么时候，当课间休息的铃声在你耳边响起，而你又确切地知道在十五分钟后会再次响起上课铃声时，你会觉得你所遇到的原本不太难的练习题会变得更难。

我用自己的话写下我要干什么，因为这毕竟是一个解题的开始，我写下我实际上在寻找什么以及我可以获得的信息。然而，我被卡住了。

我现在似乎变得像牛一样蠢了。

要是科里亚现在能来该多好啊！要是能向他打听一下我同父异母的姐姐的事该多好啊！

我相信他一定会帮助我，无论约瑟芬在不在，他都会这样做的。只要他给我一点点提示，这道题目就能迎刃而解，我敢肯定。

但科里亚并没有出现，于是我在脑海里不停地呼唤

着他，就像这样：科里亚，我的朋友！你在哪里？

科里亚没来，但确实有一个人来到了我的面前，是一位年纪较大的督导老师，可我不知道他的名字。他留着很严肃的八字胡，一副了然于心的样子，好像他发现了我在偷偷做什么似的。"家庭作业，顾名思义，就是在家里完成的作业。"他喋喋不休地说道，"课间休息，也就是休息时间，现在休息结束了。"我肯定他是教德语的老师。

"这不是家庭作业。"我喃喃道，"这些都是我自愿做的练习题。"

这个严肃的人似乎根本不想给人留下太好的印象。"你是自己清理一下你的东西，还是让我把它们拿走呢？"

要是作业被他拿走，我会发疯的。"我躲在这里只是在做……"我开始说道，"也就是在做全国奥数巡回赛的……"然而，我话还没说完，他就伸出了手。

"是你还是我？"

"我这就收走。"我紧紧抓住我的笔记本，立刻站了起来。目前的这个局面，我绝对不能冒着我的笔记本被扯破的危险与他抗争下去，不值得。

或许这个严肃的人，根本不相信我躲在这里是为了准备奥数竞赛，像这样的一个德国人，根本不会理解我的行为。

当我在教师办公室前向泽尔胡森老师讲述刚才发生的一幕时，他什么也没说，和往常一样对我非常友好，但他微笑的背后却是："我不得不对你的举止感到惊讶。"

于是，他和我一起向数学俱乐部所在的教室跑去，在那里他将和我一起完成我没有完成的作业，老师的举动使我非常感动，而又有些不安。

更令我感到不安的还在后面，因为拉勒突然出现在那里，就好像有人把她搬运来了似的。但是，事实证明，她与我不同的是她仔细地做出了数学进度表上的全部习题。

我主要是想说，我不知道今天拉勒为何会出现在这里，今天不是俱乐部的正式课。还有一点令我困惑，我确信泽尔胡森老师一定会找一个不受打扰的地方给我开小灶，也就是额外补课，那为什么拉勒会出现在这里呢？

今天，泽尔胡森老师为了帮我完成作业把我带到了这里，但明天，他也可以把拉勒带到这里，或者给她发个电子邮件，或者用其他什么方式告诉她来这里。可不管怎样，她现在就站在那里了，她看起来依然那么漂亮。当泽尔胡森老师开门的时候，拉勒问我的准备工作进展如何，此时我觉得自己像个笨蛋。

"我没有太多时间做数学作业。"我直截了当地回答。

"你下午总是有一些选修课，是吗？"她叹了口气说道。这话令我更无地自容了，因为我通常在第六节课结束之后就溜了。

"不，但我还有其他事情要做。"我说道，"家里的事情。我们正在……收拾我的房间。"我声音沙哑，我怕别人听出我的不自信。

"哦!"拉勒一边说，一边坐在一张桌子旁，我也坐了下来，不过是坐在了另一张桌子旁，这里有足够的位置可以坐。

但当我一个人蜷缩在那里时，我才开始回想我刚才撒的谎是多么愚蠢，我宁愿坐在她旁边，就像上次一样。

我想坐在满头黑发的，戴着牙套的，爱打排球的拉勒旁边。但我没有坐在她旁边，我不想让她看到我对切线函数的理解有多么愚蠢，我再说一遍，我不想那样。还有，我不坐在她旁边，特别是因为我……这时，泽尔胡森老师讲解了几句关于切线函数的知识，我突然就明白那道题目该怎么做了。

"我知道该怎么做了。"我一边说一边往后靠了靠，我以为切线定义中的距离根本不需要设定，但不幸的是，泽尔胡森老师说，绝对要设定。

"现在开窍了，对吧，马尔特?"他问道，"你知道下一步该怎么做了吗?"拉勒肯定知道了，我之前的思路是完全讲不通的。

　　她慢慢地转向我，向我投来她那含苞待放的微笑，我觉得她的热气直冲我的脸扑过来。"嗯，我……我是说我应该会做这样的题目了。"

　　泽尔胡森老师若有所思地看着我。"好。"他终于说道，"然后我们进行下一题，这是一道导数函数题。"

　　拉勒举起手来要求发言，她说她感觉这种题目有点难——导数不好求，好像什么都导不出来似的。他亲切地点了点头，问她问题到底出在哪里。我坐在单人桌旁，感觉自己比刚才更愚蠢了。

　　当泽尔胡森老师想知道我对这个题目的感受时，我的回答速度比我想象的还要快："我认为这很容易。"虽然说起来容易，但是也不是像捡垃圾那样容易。我不由自主地弯下腰来，好像必须要赶快在笔记本上写下什么东西似的。

　　时间就这样一分一秒地流逝，直到泽尔胡森老师说，如果没有其他问题的话，他现在必须要把我们赶出去了，因为他不尽快回家的话，他妻子会让他下地狱的。

　　幸运的是，没有人说有问题，我当然也不会说。我只想离开这里，马上回家做作业。在下一次数学俱乐部活动里，我会再次进入最佳状态，拉勒大概也是这么想的。

　　于是我们收拾好各自的东西，拉勒走出教室的时

候，说了声："再见！"然后毫无预兆地拍了一下我的肩膀，我却没有回应她的举动。

　　尽管我没有回应她的举动，但我毛衣下面的皮肤马上就热了起来。

7

偷看姐姐的诗

约瑟芬不知道又溜到哪里去了。她一般都到星期五才溜回来，可这个星期五她没回来，可能是去别的什么地方了，也许是去咖啡馆了，或者去购物中心了，但去哪里都不重要了，重要的是她的行为让人无法忍受。

我坐在餐桌旁边，正想着今天是周末，无论如何也得有点好吃的才是，于是我四处张望，看到所有在场的人都在忙活着吃饭的事，就在这时，走廊里的电话响了。妈妈接通电话后，我很快就听出来，电话与约瑟芬和她的学校有关。

"你好，我是埃克特夫人。您是哪位？"电话那边说，原来是那位女校长亲自打来的电话，这可不是一件小事。妈妈似乎也知道这一点，但她的声音听起来越来越奇怪了，妈妈的语气太友好了，但同时又有些不屑一顾，好像很想马上挂断电话。

我转过身来，突然发现约瑟芬就坐在我的斜对面，我眯着眼睛看着她，她把菠菜奶酪千层面都划拉到她自己那边去了。

她对我耸耸肩，继续吃着她的千层面。

"不，对不起，我丈夫还没下班。"走廊里的妈妈说，"我应该做些什么呢？"

然后走廊里渐渐没了声音，这种情况出现，说明真的有麻烦了。妈妈回到餐桌旁时，看向那位斜着身子坐在那里的逃课者的表情，让我知道约瑟芬一定是有麻烦了。

"这是真的吗？"她一边问，一边不知所措地看着约瑟芬，"你今天在课堂上骂你的班主任是一个让人无法忍受的资产阶级小妞，是吗？"

看来约瑟芬打算什么都不回答。但我很清楚，这件事一定是真的。尽管我不知道十年级 C 班的班主任长什么样子，也不清楚资产阶级小妞应该长什么样子，可这样一句骂人话，我觉得正好符合约瑟芬的性格。

"她确实是。"她一边将剩下的千层面都刮到她的盘子里，一边确认地说道，"每个人都知道这一点。"然后她用手挡住自己的嘴低声说道："你没跟埃克特校长说她也是一个资产阶级小妞吗？"

"约瑟芬！"妈妈叫道。

"怎么了？"约瑟芬一边吃一边说。

"你这样说话是不行的！"

"我这样说话怎么不行了？"她歪着脑袋看着妈妈的脸说，"让我说实话吗？你看起来也挺像的。"

妈妈气得张着嘴，说不出话来。

"你还真的在乎这个？"约瑟芬补充说道，"不会吧，安佳？"然后她把视线从妈妈脸上移开，又盛了一点意大利烤宽面条。

我坐在那里，真的搞不太懂她们之间发生了什么，但我突然感到全身不自在，非常难受，我感到事情不是逃课和在学校惹麻烦那么简单。可能还有很多别的原因。

"请离开这个房间。"妈妈说，"我现在就去告诉你父亲，我相信他肯定会马上找你谈谈的，所以你要做好准备。"

约瑟芬这次没有反抗。她只是端起盘子，拿起餐具，嘴角上挂着一丝微笑离开了这里。从她的举动来看，好像不是妈妈让她离开的，而是她自己要离开的。妈妈看起来很累，仿佛筋疲力尽，还有点想哭，但因为有人在这里看着她，所以她才忍住没有哭出来。

"我也要离开吗？"我问。

"马尔特，你安静地吃吧！"她回答道。但她说话的时候，眼泪真的流了出来，她抑制住泪水又从牙缝里挤出一句话："对不起，我得给你爸爸打个电话。"然后她就急匆匆走出了房间。

请问，这种情况下谁还能舒舒服服地吃他的千层

面？如果有，也绝对不是我，不管它有多好吃。

还有，那千层面和以前一样美味，然而现在它只让我觉得有点不舒服。还有奶酪，在我看来只是一块黏糊糊的块状物而已，贝夏梅尔酱在我的喉咙里燃烧着，令人十分不快。至于周末，我再也没有期盼了。反正这里到处都弥漫着争吵。而且，我同父异母的姐姐甚至把我妈妈惹哭了。

妈妈，她是**浑蛋**。

她说妈妈是浑蛋，事实不是这样的。

那……事实到底是什么样的？难道这不是谎言吗？不，难道这些都是玩弄人的吗？

我不愿意继续想下去了。那些都是约瑟芬的说法，不是我的。而且那是一个爱逃课、侮辱老师、玩弄所有人的人的说法。

我的想法则完全是另外一个样子，我只是觉得这里发生的事情很奇怪而已。我的想法明确告诉我，约瑟芬说的不可能是真的，毕竟，我对妈妈的了解比约瑟芬要深刻得多。我知道妈妈不是个骗子，更不是假装出来的。这就是我现在不必难过的理由。

我要挺起腰杆来做我自己的事。

妈妈就是妈妈，爸爸就是爸爸，其他都是假的……不可能是真的……

要是真的呢？要是全都是真的呢？

幸运的是，我们吃完饭后太阳出来了，虽然我不是一个一有机会就跑出去呼吸新鲜空气的户外型人，但我还是把自行车头盔从挂衣钩上拿下来，穿上夹克，走了出来。这样当爸爸打电话给约瑟芬的时候，尤其是他们的声音越来越大的时候，我就听不到了，他们吵得多严重也与我无关了。

室外确实很冷，我呼出的气体马上变成了白色的雾。我打开自行车锁的瞬间，触摸到冰冷的车杠，这才意识到自己没有戴手套，也没戴头盔，更没戴一条围巾什么的。我后悔什么都没带，但我不想再回去拿了，反正我也不会永远待在外面。可我一时之间也不知道去哪里。

我想了一会儿，然后站起身，骑上自行车就走。我沿着一条路往前骑，在十字路口处左转，直到我意识到我正朝着兰德威尔①骑去，才惊觉我已经离开市区进入市郊了。

在我小时候，我有时会和爸爸妈妈一起骑自行车出去玩，我们穿过田野，不知不觉就进入森林，如果幸运的话，我们会去森林咖啡馆里吃点冰激凌，我还会坐几圈儿童游戏场上的缆车。但我们的出行总是在春天

---

① 原指中世纪一种以黏土和树枝混合构筑成的边界堡垒，外观像一个小城堡，后演变成地名。——译者注

或夏天，而不是像今天这样的二月天，当我在兰德威尔尽头的土路上转弯时，这里看起来与之前大不相同。当时这里的一切都是绿油油的、温柔的、迷人的，可现在，这里的灌木丛都光秃秃的，田野变成了褐色，而且泥泞不堪，矮树篱前的草地上甚至还有一层闪闪发光的白霜。

但不知为何，我还是感觉这地方挺不错的，可能是因为这里特别空旷，只能看见几个人在遛狗，也可能是因为我好久没有见过阳光了。我紧蹬几圈，超过了那几个遛狗的人，小石子被自行车轮胎轧得四处飞溅，冷空气灌入我的肺部。虽然天气很冷，但我能感觉到额头上有汗珠，而且我骑车的速度也越来越快。

我感觉像起飞了似的，突然，我的脑海中浮现出这样几句诗：

> 我骑在带翅膀的马上，
> 越过长着罂粟的草场，
> 那是梦想成长的地方。

我不再蹬自行车了，让自行车随着惯性自动滑行，我向四周看去，左看看，右看看，右看看，左看看。当然，我所看到的只有田地、草地和矮树篱，但不管怎样，这里仍然有点像诗中描写的那种意境。我不由自主地想到拉勒，想到她会出现在我的眼前，站在田野里的某个地方向我挥手。要说我真的能把她想象到我面前，那是骗人的，但如果我能看到一个外貌类似她的人，我也会向她挥手的。是的，如果真是这样的话，我会停下来大喊："嘿，拉勒!"而她，也会向我飞奔而来。然后我们会天南海北地聊起来，也许聊数学，也许聊别的什么。反正我会想到很多要聊的，她会对我的言论发表一些有趣的评论，使我笑得直不起腰来。然后她自己也会不由自主地笑起来，当我们平静下来之后，我们会相视而笑，我对着她笑，她对着我笑。最后，她会露出她那带着牙套的微笑。

突然，有个信息闯入我的脑海中，土路现在岔开了，而我必须做出抉择，我是该简单地顺着田地转弯，还是直接骑到森林里去？事实上，我来之前就已经想好了，也早就决定了，如果我现在就转身回家，那我离开家又是为了什么呢？

回家？呸！

不管怎样，我首先要通过小河上面的小木板桥，小河两边长满了高高的树木，光秃秃的树枝向四面八方伸去。

二月的森林里光线还有点暗，比开阔的田野要阴暗得多，因为阳光被高高的树梢挡住，停在了半空中，没办法直接照到地面上，而且一根根的树干又投下了长长

的阴影。现在我正处在阴影里面，而且我还要从中穿过去，但森林里面并没有什么好害怕的。正相反，这里显得格外安静、祥和，于是我想到：

我想当一棵森林中的小树，
让柔风轻轻地吹着。

然后我觉得这真是有趣，我居然想到诗歌上去了。当然还有其他一些事情，但这些思绪没怎么干扰我的行程。

我甚至不介意想到约瑟芬，因为现在的约瑟芬已不是那个爱争论、爱挑事并且要摧毁一切的约瑟芬了，现在的她是一个走进我的房间告诉我诗中所透露出的意境的约瑟芬，是那个说她要自己写诗的约瑟芬。

我骑过崎岖不平的林间小道，迎着我呼出的热气，就这样，我一边向前骑行，一边看着透过树林的几缕阳光慢慢变红，看着树木的影子越来越长。我终于来到坐落在空旷草地上的森林咖啡馆，这里空无一人。我从自行车上下来，坐上了冰冷的缆车，坐了一圈又一圈，一共坐了五六圈，缆车在我体重的压力下比以前跑得更快了。可我前后左右看了半天，仍旧一个人影也没有看见。

手机响了，我看了一眼，妈妈想通过 WhatsApp 知道我的位置，知道我是否一切都好，因为爸爸早就回来了，他们会为我担心。

我简单地想了想，让他们担心去吧！妈妈、爸爸和约瑟芬，让他们一起担心去吧！我准备再也不联系他们了，永远从他们的视线中消失。但实际上我却答道，我骑着自行车很快就会回到家的。

刚才的这些想法都是不可行的。

而我心里在说，我根本不想离开这个家。我只想回到以前那个正常的家里，不管它现在藏在哪里，我都要去找它。于是我又坐在了秋千上，让它轻轻地来回摆动着，我看着最后一片红色的天空消失在树梢后，在天黑之前再次骑上自行车。这一次我姐姐不在我身边，也许我会像汉塞尔和格莱特（格林童话中的人物）一样在树林中迷路的。

当我打开家门时，妈妈在走廊里迎接我，并露出了一个特别甜美的笑容，我觉得这个不自然的表情一定意味着什么，有什么事情要发生了。但她只是问我："在外面转了一圈感觉还好吗？"然后又说，"我希望你没有感冒，你看起来冻坏了！"这也许只是一个普通人表达爱意的举动，因为她是我的母亲啊！可这一天对我来说却是很糟糕的一天。爸爸也踢里踏拉地走过来，开玩笑地说："嗯，主人，你的小自驾游结束了？"虽然爸爸的举动有点傻，但我知道，这也是很可爱的，他们两

个都已经努力了。

问题是，他们两个的举动，包括今天在这里发生的一切，都让我充满怀疑，就好像善良的背后隐藏着不可告人的秘密似的。有些东西，它本身就不那么可爱，比如"要不要烤些华夫饼吃啊？"，或者类似的一些与家庭相关的话，我无论如何也不会说它可爱，可我真的很想和爸爸妈妈一起度过一段美好的时光，就像我们以前那样。

现在我又回到了家，还有一件事情需要搞清楚，这件事妈妈是不会去做的，爸爸也不可能会去做的。

于是我说我在骑自行车时摔倒了，摔得有点晕乎，想一个人待着休息一会儿，然后他们给了我一个意味深长的眼神，并犹犹豫豫地离开了我的房间。随后我走到地下室，敲了敲约瑟芬的门。

我只想简单地问问她今天下午发生了什么事情。不管她是认真的，还是编造了谎言来惹妈妈生气。如果不亲自问的话，我永远也不知道我该怎么去看待这件事情。

问题是，我敲了敲门，里面却没有反应。我小心翼翼地转动门把手打开了她的房门，往里看了看，原来她不在里面。直到这时我才注意到地下浴室的淋浴器在哗哗作响，我自然是想马上离开这里，但我没有做到。

我看见她的沙发床上放着她的笔记本电脑。

屏幕上还有一段文字。

一段文字，里面都写了些什么，谁也不知道，也许是很重要的东西，也许是我想知道的……

我认为我知道这个道理，偷看别人写的东西是不应该的。但如果是其他人，比如像我同父异母的姐姐那样的人，偷看别人写的东西，那一定是很严重的，可我还是一个小孩子，人们或许不会感到大惊小怪。

我这样想着，不知不觉地就在房间里留了下来。

我甚至在看到那段文字之前，就已经认为会是一首诗了，一首她自己写的诗，一首约瑟芬的诗。我的心开始疯狂地跳动，当我蹲下来开始阅读时，我立刻就知道她所写的内容一定是真实的。我知道诗是不会说谎的。

称呼

每当你向别人表明自己的身份时，
甚至是暴跳如雷时，
你都说自己是"爸爸"。

我不知道
该如何看待这个代表着亲情的词。
自从你离开我们，

从我们这里走到她那里。

这个词就僵化了，

成了一个代表形式主义的词。

这首诗没有把我想知道的所有事情都告诉我，但这些言辞真的使我感到震撼，或者更确切地说，这首诗已经展示了一个个意境。我似乎看到约瑟芬就站在我的面前，她的手机仍然贴在耳朵上，有人在疯狂地冲她吼，我能感觉到那个人一定是爸爸，而且那个在电话另一端的爸爸，不是现在的爸爸，而是以前的爸爸，那个离开她和她妈妈的爸爸：

从我们这里走到她那里。

当我看到这句话时，我的内心开始燃烧起来，首先是胸部，然后是身体的各个部位。我所能做的就只是坐在那里，一遍又一遍地读这句诗。我不停地读着，直到约瑟芬裹着一条毛巾，头发湿漉漉地走进房间，并大声喊道："你在干什么?"我才醒悟过来，开始做出反应。

"我……"我大叫着跳了起来。

约瑟芬两眼瞪着我说："你再也不要到这里监视我了!"

"我……"我再次低下头咕哝着。

　　她果断从我身边走过去，"砰"的一声关上了她的笔记本电脑。"滚出我的房间！"她声嘶力竭地喊道，我迅速离开了她的房间。

8

姐姐留下的诗

　　星期六早上醒来，我感觉喉咙痛，一吞咽就疼得厉害。我整个身体都在尖叫：继续睡觉！但我还是挣扎着起了床，今天我必须做数学作业，没有人能来帮助我了。而且我不饿，所以就直接坐在了写字桌前，反正我也不想进厨房，不想见任何人，也不想和任何人说话。

　　我脑中只想着数学，我只希望世间的一切都合乎逻辑。我终于开始完成这张没有意义的，而且全国奥数巡回赛根本不会考的数学作业。问题是，我一看到这张作业，头就开始痛，上面的数字开始在我的眼前跳动。在这种情况下，我很难去思考问题，而且还有太多其他的想法涌上心头，而这些想法的背后又涌现出更多的问号。不过，这些想法与逻辑思维没有太大的关系，它们在我的脑海里不停地转圈，每转一圈，都让我的头更疼了。

那个女孩和她妈妈的遭遇，

是在你出生之前的事。

我毕竟是你的爸爸。

我从她们那里，

走到了你这里。

接着我就什么都搞不懂了，不仅数学搞不懂，其他所有的事情都搞不懂了，唯一能搞懂的就是，我的全身都在痛。

当我听到楼梯上传来脚步声时，我的情况并没有好转。不久后，妈妈把头探进了我的房间。没错，就是妈妈那张熟悉的脸，她看着我，脸上泛起亲切又有点担心的表情，而且她好像马上就意识到了我有些不对劲。

"你已经醒了。"妈妈说道，"我是说……你昨天那么早就去睡觉了。你为什么不下楼吃早饭呢？"

我没有说话，虽然我早早就去睡觉了，但我其实是清醒着在床上躺了几个小时。或者说我一直没有想好，我不知道该如何和妈妈、爸爸，还有约瑟芬一起坐在桌子旁边吃饭。"我喉咙痛。"我只说了这几个字，而且我注意到我的声音有点颤抖。

这时，妈妈已经站到我的旁边，用食指抬起我的下巴，看着我的脸说："你看起来病了，张开嘴！"她把台灯转过来，对着我的脸，照进我的喉咙，然后摸摸

我的额头和脸颊，合上我的嘴，说道："你躺下不要动，我去倒点茶来，拿温度计给你量量体温。"

我想说不用，但我又不想说不用。

我想待在我的写字桌前，不上床睡觉。

我想要一切，又什么都不想要。

最后我从转椅上站起来，一股膨胀的疼痛从我的头部冲到眼睛。为了不让这股剧烈的疼痛把我搞晕，我小心翼翼地摸索着回到床上。

"要是你昨天不在外面待那么长时间的话，就不会这样了。"妈妈还在小声嘀咕着，然后离开了房间。

我觉得我整个人都在摇晃，真的摇晃起来了，好像有人扶我坐上了一架秋千。而且是森林咖啡馆的秋千，只不过这个秋千比之前的更大。现在是夏天，我穿着短裤，两条腿露在外面。秋千摆动起来，我的两条腿垂下来，试图找到节奏，身体努力地随着秋千的摆动而摆动，但节奏总是合不上，秋千往前摆，我往后摆。

"往前摆，往后摆。"作为助推者的爸爸说道。他说的"往前"和"往后"听起来似乎合乎节奏，所以我又试了一次。

"往前。"爸爸说，我的腿便往前摆。

"往后。"他说道，我的腿便向后摆。

"你会了！"妈妈突然喊道。这是真的：我真会荡秋千了。

于是我疯狂地荡起秋千来，我会了，我可以自己来回摆动了，爸爸不用再推我了。但我突然意识到他没有这样做过，也许从来就没有这样做过。

"爸爸?"我在秋千上转过身来，不确定地问道。

根本就没有爸爸！我的心口像中了一枪似的剧痛，我发现爸爸从来就没来过这里，我是独自坐上秋千的。突然间我的腿被缠住了，下一刻，我跌下了秋千，摔在了地上，然后我摔了又摔，最后我醒了。

我心跳加速，我试图睁开眼睛，但这时好像有什么东西在拉着我，想睁眼也睁不开，即使我不想被它拉着也没有用，它一直把我拉进一个小黑屋里。

我不知道我被拉进了一个什么样的房间，房间很窄，房顶很低，我感觉背后还有其他空间，而这些空间使我觉得很危险。

我环顾着四周，或者更确切地说，是房间在向我展示它的老式家具——一个盖着花边小桌布的抽屉柜，一张四柱床（有顶盖的床），一把华丽的椅子。而我却只是目瞪口呆地站在那里。

然后我意识到，拉我的那个东西要我继续往前走，前面似乎有什么东西在等着我，或许是邪恶的东西，也可能是个可怕的东西。我当然不想继续往前走，我宁可待在这个小房间里，我宁可躺到四柱床上，或者坐到椅子上去，可只要我有一个很小很小的动作，它就会把

我往门口逼，现在整个房间向下延伸，变成了一条通道，在通道最下面，它，就是拉我的那个东西，就守在那里。

我试图停下来，或者至少放慢脚步，但根本没用，那东西拉着我往前跑，我跑得越来越快。我被什么东西绊了一下，滑倒了，但是我找不到立足的地方，站不起来。我开始向下坠落，直接朝着那个邪恶和危险的地方下坠。这时我听到一个声音。

"马尔特！"那个声音喊道，是我同父异母的姐姐的声音，同时有人紧紧抓住了我。

这一次，我成功地睁开了眼睛，但我的心被吓得仍在狂跳。约瑟芬牢牢地抓住我的肩膀。我转过身来，眨了眨眼睛。

"小不点，嘿！"约瑟芬说道，"发烧烧得做梦了吧？"

"我想是的。"我喃喃自语。可当我的心终于平静下来时，我的颈椎以及四肢的疼痛连同所有令人作呕的感觉，又卷土重来了。

约瑟芬从我的床前退后一步。

"我要告诉你的是，科里亚打了电话过来。这个在价值观上与我站在一起的家伙，是不是你的朋友？"

"他是给我打电话，还是给你打电话？"我的声音似乎是我掐着喉咙发出来的。

她奇怪地看着我。"是安佳接的电话，然后她把电话递给了我，我猜她已经告诉他你病了并且睡着了。无论如何，等你感觉好些时，可以给他回个电话。"

"嗯。"我简单地回应道。但我心里想：你很走运，科里亚，你这个浑蛋，趁我睡着了，你可以和约瑟芬说话了！你简直是把我当跳板了。

当我再次醒来时，我觉得口渴，于是我起身坐在了床上。不知道现在是几点，外面已经黑下来了，街对面房子的窗户上亮着灯，而我自己的房间却笼罩在昏暗的夜色之中。于是我打开夜灯，看向我的挂钟：差不多七点半了。

我端起杯子，一口气喝下用鼠尾草沏的冰凉的茶。一股苦涩的凉茶味顺着我的喉咙流过，涌上我那灼热的脑袋，味道虽然很恶心，但我觉得很舒服，我还想再喝一些。

我桌子上的小锅里还有一锅凉茶，是妈妈几个小时前放在那里的。

我非常吃力地下了床，我甚至都不知道我是如何站起来的，更不知道我那两条橡胶似的软绵绵的腿，是如何拖着我沉重的身体走到桌子前的。我保持着平衡，用一只手把台灯、温度计和一盘煎过的苹果片推到一边，用另一只手把小锅端到了我的床头柜上。当我给自己倒了一些鼠尾草茶之后，我才突然看到一张字条。

这些字条有一大堆，都放在床头柜上。

一张字条上用潦草的笔迹写着：嘿，你这个小侦探！在你下次大胆偷看我的笔记本电脑之前，请注意！要看这些诗，就得具备一定的勇气。

我的两腿直打哆嗦。我坐在床沿上喝着我的鼠尾草茶，再次扫了一眼字条上的字。约瑟芬写下的那些潦草的字，几乎每个字母都隐约地透出她生气的样子。然后我把字条都放到了我的床底下。

我没有勇气看她的诗。

我也不想再看了，甚至也不想再看昨天我看过的诗了。

我再也不想听到什么或看到什么了，如果现在不会做梦的话，我宁可继续睡下去。

于是我躺回床上，睁着两只眼睛，盯着天花板反射出的昏暗光线，尽量不去想任何事情。

当我听到楼梯上的脚步声时，我关掉夜灯，重新闭上了眼睛。

"马尔特？"过了一会儿，妈妈在我的房间里低声叫道。

我不回答。

"你刚才不是已经起床了吗？难道没有吗？"

她走近了我，我感觉到她靠在了我身上，然后抚摸着我的面颊。

我尽可能地躺在那里一动不动。

妈妈叹了口气。"我给你做了些杂粮粥。"她平静地说道。她轻轻地把粥放在了我旁边的床头柜上，我猜是苹果杂粮粥。她转身向门口走去。

"吃点东西吧！"她说道，"晚上再吃点感冒药，也许你该刷刷牙了。"她只留下一丝肉桂和樱桃般的古老香气，就离开了房间。

9

他们之间到底发生了什么事

"好吧，小鬼！"爸爸把电脑放在我的床边后说道，"祝你飞行顺利！"他递给我一套《星际迷航》第一季的光盘。

八张 DVD，时长为一千四百分钟，这应该足够我度过这个无聊的星期天了。

什么事都没有，什么都不用担心，只是发烧到 37.8 摄氏度，使我出了一身汗而已，要是被别人知道，会笑死人的。

明天，先不说明天，我想今天就从盒子里拿出第一张 DVD 开始看，明天再接着往下看。但明天是星期一，是数学俱乐部的活动日，不管我的病能不能好，我一定要去见拉勒，让她看看我的本事。其余的我全都不在乎了。

爸爸在和约瑟芬的妈妈分手之前就已经认识我妈妈

了，并不是分开之后才认识她的。那么，为什么他们总是告诉我一些与事实不符的事情呢？他们这样做，可能是因为他们还把我当个小孩子看，认为说了我也不懂。在未来的某个时候，他们会如实地告诉我他们之间发生的事情。

或者说他们还会保持原来的说法。因为最后的结局是无法改变的，无论是对约瑟芬来说，还是对我来说，都一样。

但我们还是不太一样的，比起姐姐来，我的处境没那么窘迫。

我从爸爸给我端上来的一小碗冰块中拿出一块塞进嘴里，让它在嘴里慢慢融化，冰水慢慢地滑到我仍然疼痛的喉咙里。接着，我将第一张 DVD 放进驱动器里，戴上耳机。

耳机里传出"斯波克指挥官"① 的声音。

很好，还有一个不一样的声音。我按下马桶的冲水按钮，站在洗脸池前洗手。一个面色苍白、头发乱糟糟的家伙从镜子里看着我，我狠狠地瞪了他一眼。

你的亲生父母对你撒了谎还是没撒谎，在情理上是

---

① 斯波克指挥官是《星际迷航》电视剧中的主角之一。——编者注

有着很大差别的。这还关系到他们是否抛弃了一位母亲
和她的孩子。

事实上他们就是这么做的。是他们俩一起这么做的。

放水，打肥皂，再放水，再打肥皂。

镜子里的马尔特冷酷地往回扭过头去。

反正事情已经这样了。如果说他们准备装傻的话，
那谁也没有办法，更不关我的事。再说约瑟芬，她不用
把我和她那愚蠢的诗扯到一起，反正我再也不想读了。

"不要再瞪着两眼看人了！"妈妈一边说着，一边
把托着一碗鸡汤的托盘放在了我的床边。

"但是爸爸说……"我停顿了一下，因为我突然想
起了企业号飞船上的能源供应为什么会出错。

"可爸爸没有说过你不应该在一分钟的屏幕暂停时
间里，让你发烧的脑袋休息一下这类的话。"

为了不被妈妈抓住把柄，我没有做出任何回应。

无视一切，大人们就会放弃。

但妈妈还是伸出胳膊，在我的眼睛和屏幕之间晃了
晃。"马尔特，你听到了没有？"

随着一声叹息，我按下了暂停键。"是的，但是……
这一集就快要结束了，让我看完好吗？"

"还有多长时间？"

"最多十五分钟。"

妈妈叹了口气。"希望这是真的。"她说道。

在这种情况下，我知道：真的就意味着真的。

你可不能说了不算。

下午的时间真是漫长，好像有一千个小时。睡觉是愚蠢的，不睡觉也是愚蠢的。梦想和思想也同样是愚蠢的。

此外，还有仍在升高的体温，和这个疼痛的喉咙。

妈妈去给我拿了一杯橙汁，回到我房间时说："得让斯坦布施医生来看看你。"

"那不行！"我喊道，"我明天还要上学去呢！"

"马尔特！"妈妈严肃地看着我说，"你病了。也许是扁桃体炎。"

"但明天是数学俱乐部活动日，而且我的烧已经慢慢退了！"我在床上坐了起来，好像要向她证明。在全国奥数巡回赛前的几个星期，喉咙有点痛是不可能把我钉在家里不出门的。接着我把妈妈送来的橙汁倒在我疼痛的扁桃体上。

"试着多睡一会儿吧。"妈妈说完就转身走了。当她消失在门口时，我心里想到"浑蛋"这个词。

科里亚可能会问，问我今天过得怎么样之类的。他没有给我打电话，而是通过 WhatsApp 发信息，他可能觉得约瑟芬会在 WhatsApp 上看到他的信息，但他想错了。

我在群聊里浏览了班级小组、家庭作业、一些卡通漫画，还有瓦莱丽亚为周二的英语作业做的解释说明，然后我艾特①了马茨和菲利普两个人。我以前从未在 WhatsApp 上，也就是在班级群之外的地方，给他们发过信息。虽然我们平时下午总是会见面，但现在我们像真的朋友一样。说实话，星期五那天我在学校对他们表现得不太亲切，但我可以在这个 WhatsApp 上跟他们打招呼，弄个三人聊天群，我只需要设置一下就行了。

我输入信息：大家好！明天我不能去上学了。我病了。

然后我想起了拉勒，于是我输入道：我明天不能去数学俱乐部了，请你一定把所有的作业拍照发给我，我一定会好好作答的。这很好，我很高兴，我们还可以通过短信息联系。

是的，我只好这样写了，谁让我不知道她的电话号码呢！

发出去了好一会儿，拉勒没有回复。不过，不管怎样，至少马茨的信息发过来了：哦，很酷的三人群。快点好起来！不久后，菲利普又写道：由于我不爱上英语课，所以我星期二就只好待在家里了。你要及时康复，

---

① 艾特是单词 at 的音译，用字符表示为 @，网络通信工具上常用"@ ＋联系人"的方式提醒对方查看消息。——编者注

参加过夜派对！我放下手机时想也许有一天我会的，我会和他们一起开过夜派对。

这时，约瑟芬突然站在我的床边，我看到一个穿连帽衫的灰色身影出现在我的面前，外面一定是天黑了，我一定是睡着了。

"然后呢？"她问。

然后呢？这个问题可以涉及各个方面的事情，但就目前的情况看，这句话只指向一件事，对此也只有一个答案："那些诗我还没有看。"

"没关系。"约瑟芬说。

"我只是没有勇气看。"

"你有。"她说道，别的什么也没说。她那黑乎乎的身影举了举手向我打了个招呼，然后就转身走出了房间。

我透过黑暗的夜色朝房门望去，我的脑海里回荡着：你有勇气。

马尔特·里普肯一定有勇气看下去。

10

他们为什么要这样做

诊断结果：链球菌性心绞痛。青霉素注射十天，至少休息三天以上，最好一个星期都待在家里，以免延误治疗。切记。

待在家里。

妈妈不由分说地在我的沙发上为我这个没有真正发烧，最多可以说有点病的奇怪病号，搭建了一个小窝，里面放着运动裤，还有毛毯、抱枕等等，我已经长大了，不喜欢小窝了。小时候我一生病，妈妈就搭个小窝来安慰我。她甚至在自己做翻译工作的书房里也为我搭了个小窝，以便我去她那里的时候能在里面玩。但在我的房间里，我可以更加独立地安排自己的事情，还可以随时看我喜欢的东西。比如打开我的数学词典或者打开一张数学作业，然后沉浸其中，沉浸在这个只有数字的世界里。之前我就不止一次地这样做过，这个一点都不用怀疑。

然而现在，当我坐在写字桌前，哪怕只是想解一道作业题，我的脑海中也会浮现出别的事情，并且注意力还会集中到那件让我一心二用的事情上，你说怪不怪。

但约瑟芬让我做的事情我却怎么也做不到，不管她怎么说都不行。也许她让我做的这件事情是对的。但是我仍然不想做。因为那些诗除了给我留下新的问题、疑惑和烦恼，别的什么都不会给我留下，所以我不想去做。

我站在房间里犹豫了一阵子。

我在想：不去拿那些字条，再想想。去拿吧！想想再说。别想了！

然后我拿出了那些纸，拿着它们坐在了床上。

首先，我把那些写着字的纸捋了捋，从上到下地放在我的膝盖上。然后我随机抽出了一张，上面写着：

我被留了下来

我再次伸了个懒腰，
伸出我的双手
触摸着自己。
那个小女孩，
穿过那无边无际的空间，

来到这残缺不全的地方。

我紧张地吸气，呼气，吞下口水。再来一张，上面写着：

癌症

它在某个部位抓挠着你，
进入你的体内分割着你，
让你自己吞噬自己的肉，
它用它的剪刀剪着你，
剪着你那非同寻常的
女性气质。

我赶紧把所有的字条都翻了一遍。不，这些诗不适合我，我从来就没有喜欢过诗，更不用说她那些可怕的诗了，我更喜欢数字，而且我生病了。请问，约瑟芬为什么要丢给我这些东西呢？

扎克——我的玩具，还躺在床底下的那堆东西里面。我打开了装着乐高积木的抽屉，我才十二岁，但我可以用积木搭建一些房子之类的。我拿出托盘和石头积木，这一次我可以建成一所房子，一所非常漂亮的房子，不管它看起来多么幼稚。我现在哭也没关系了，因为我们真正的房门已经被打开了，我听到了爸爸和约瑟芬的声音，他们和往常一样吵吵嚷嚷，烦躁不堪，后来妈妈的声音也加入了进来。

不管怎样，我还是没有忍住，我终于一把鼻涕一把泪地哭了出来。

因为所有的生活都被搞乱了，被搞坏了，搞成一团糟了，而且约瑟芬的妈妈还不幸得了癌症，即使她的这种病也可能是基因或其他一些永远未知的原因造成的，那又怎样，反正癌症已经得了。

之后，我和其他人坐到了一起，但没有人吃东西，约瑟芬连她最爱吃的肉丸也不吃了，尽管她在这方面不太在乎别人的眼色。爸爸妈妈想知道发生了什么事。

"我应该早点回家看我生病的儿子，这样他就不会哭得那么伤心了！"爸爸说道，"是因为数学俱乐部吗，伙计？是因为你没有在场，今天的活动没能准备好？"

他从来没关心过我参加奥数竞赛的事，于是我回答道："不是因为我生病了，你才早回家的。你早点回家是因为你不得不和约瑟芬一起去拜访埃克特校长，所以你才请假早回来的。"

爸爸妈妈相互看着对方。约瑟芬看着我。

"可是，你们总是说谎话。"

现在爸爸妈妈也看着我，他们的眼中闪烁着不解。

"你这是什么意思?"妈妈小心翼翼地问道。

我深深地吸了一口气,正准备要说点什么,不知怎么搞的,爸爸抢先阻止了我,并说道:"听着,马尔特,你说得对,我不想再假装我们之间什么事情都没发生了,这其实一点都不难。"

"爽快!"我说道,"这里以前不是一切都挺好的吗?"现在,妈妈和爸爸的眼神闪烁得更加厉害了。但是他们没有说一句话,这意味着我还要说下去。

我向约瑟芬发出了寻求帮助的眼神,但她假装没看见,一言不发。自从她到我们家,还从未这样沉默过。整个世界似乎都在等待那句很难说出口的话,我的喉咙变得越来越紧。小男子汉,你别忘了,你得了扁桃体炎,但最终我还是把它说出来了:"你们骗了我。"

"马尔特!"妈妈喊道,但爸爸碰了碰她的胳膊,她又安静了下来。

一旦开始,下面的就收不住了,我能听到自己在说:"小女孩和她的妈妈根本就不是在你之前的事,妈妈!"还有,"爸爸,你也一直对约瑟芬的妈妈撒谎,不是吗?你欺骗了她又该怎么说?"还有,"你这不是直接把约瑟芬抛弃了吗?难道不是吗?"

他们俩谁都不回答,也不反驳,只是到处看,有时看着我,有时看着约瑟芬,有时是妈妈看着爸爸,有时是爸爸看着妈妈。不管怎样,他们似乎已经失去了对语言的操控能力。但从他们脸上的表情看，他们似乎在尖叫着说我是对的，他们的脸色一会儿苍白，一会儿通红，而且妈妈的眼睛湿了，布满了血丝。

这时，我也安静下来了，我还有唯一一个问题要问："你们为什么要这样做？"

我不想等他们回答了，桌子周围的沉默如雾气一般浓厚。于是，我把土豆泥盛到了我的盘子里，夹了两个肉丸，一勺豌豆拌胡萝卜，然后回到我的房间去了。

你们为什么要这样做？突然我明白了，这个问题就是所有问题的中心。谎言是不需要理由的，或者说，谎言就是一种背叛。就像数学一样，一个不在数字范围内的数字是什么数字？还有，一个没有系统规则和相互关系的问题是什么问题？

然后我看了看手机，突然有一条信息传进来。实际上不止一条，有好几条，一些来自马茨和菲利普，他们想知道我是否好了，是否要把家庭作业发给我，问我什么时候一定在家，等等。但说实话，只有另一个新联系人发来的信息是我想看的。甚至可以说，这条信息是一个小奇迹。

嘿！我曾向科里亚打听你的电话号码。

因为我想你可能会喜欢我今天写的笔记。你不会有事的……

快点好起来！拉勒。

此外，她还用附件发来了她拍成照片的笔记、数学作业、解题思路等。

我试图集中精力看那些与几何知识有关的附件，试图揣摩拉勒的解题思路和计算方式，但我的眼睛，更确切地说是我的脑袋，完全没有按照我内心的想法去做，我的鼠标总是不自觉地滑回到显示信息的白色对话框上去，我一遍又一遍地阅读着：*嘿！我曾向科里亚打听你的电话号码……*

她曾向科里亚打听我的电话号码。我的脑袋让我把这句话写下来。

这样读了十几遍之后，我坐在了床上，把两条腿蜷缩起来，把两条小腿交叉着，把我的脑袋放在膝盖上。我想象着她坐在专家座位的旁边，泽尔胡森老师向她解释一些关于圆柱体体积计算的问题，我想象着她点头、微笑、思考和说话的样子：*我会把这些知识转告给马尔特的。*

我还想象她之后会去找科里亚，因为她注意到科里亚是数学俱乐部中唯一一个与我有关系的人，以及在她与他交谈之前她可能会做一个短暂的扭头回避动作。然后想象她如何离开俱乐部教室，在去公交车站的路上给我发信息的情景，并且还想象她真的点击了发送箭头的情景。

在我蜷缩在床上的这段时间里，拉勒的身影一直浮现在我的脑海中。但突然间我听到了"嘎"的一声，发现我的两条腿伸开了，于是我猛地站了起来，因为现在我必须要做点什么了。也许要写点回复信息的东西，也许要写点有趣的东西，但我不知道该写些什么，那就写：一个女孩。

我在房间里踱来踱去，思考着怎么写，结果什么也没想出来。然后我突然觉得自己很蠢。我的意思是，也许我这么郑重其事地给拉勒回复信息，根本没必要。如果我仔细考虑一下的话，她可能只是想有一个能够公平竞争的对手而已，所以才把这些东西发给我的。她是真的希望在全国奥数巡回赛上与一个值得尊敬的有竞争力的对手进行对决，而不是与一个患有扁桃体炎和错过俱乐部学习时间的数学差生展开竞争。我却坐在这里想象着人家喜欢我，真是有点异想天开啊！

所以我只回复了谢谢两个字，并将拉勒发送过来的附件转发到我的电子邮箱里，准备稍后打印出来，等我这个滑稽可笑的脑袋平静下来时再看。

我准备启动电脑和打印机时，门开了，约瑟芬站在了我面前。

"要不要出去走走，散个步什么的？"

我抬头看着她，想看看她是在跟我开玩笑，还是真的想"出去走走"。但说真的，看起来她是认真的！她的脸上看不到一丝假象，从她的表情看，她是真的在对我说：走吧！马尔特，我们出去走走。

"是真的。"我嘟囔着。当我同父异母的姐姐向我点点头，转身走向门口时，我关闭了 WhatsApp，并将手机放回口袋里。

外面又开始变得温和潮湿，人行道陷入一片灰蒙蒙的雾气中，前面的路上满是小水坑。妈妈给我织的厚厚的羊毛围巾，弄得我后脖颈痒痒的，有些不舒服。

"怎么了？"约瑟芬问道，"感觉不舒服吗？"

我挠着我的脖子说道："不知道是什么东西。"

"好了，没事了，一个线头，拿出来了。他们再也不会带着他们的谎言来找你了：安佳绝对不会与我妈妈和我之类的人扯上任何关系的。"

"我搞不懂。"

"我懂。"

"你懂？"

"当然，我懂。"

在人行道的尽头，我们离开了小镇，彼此之间也没有再说什么，也没有什么特别要谈的话题。我不知道约瑟芬对这个地区了解到什么程度，但很显然，她并没有一个特别想去的地方。我们出来仅仅是散步，就像成年人一样：到处转转，聊聊天，仅此而已。

我们沿着下一条路往前走，经过一个小卖店，再往前走，可能就到了一条铁路的路堤了。

"那些东西你都看过了吗？"她突然问道，这次我不必问她是什么意思了，我已经知道她指的是什么了。

"只看了两张字条。"

"哪两张？"

"一张是说一个拥有无限空间的人。另一张说的是癌症。"

"哎哟！"她低头看了我一眼说道，"你看的这两张字条竟是最令人难受的那两张！你最好继续往下读。"

"所有的字条不都是这样的吗？"我问道，"不都是特别……令人悲伤的吗？"

"不。你认为我会像个爱哭的人，只写令人悲伤的东西吗？"

我没有回答她的这个问题。我现在已经不知道我这个同父异母的姐姐到底是一个什么样的人了。有时她是那样的，有时她又是这样的。

"你觉得那两首诗怎么样？"她问道，"那两首令人悲伤的诗。"

"嗯……的确令人悲伤。"

她郑重地看着我说："你真的不能试着谈论一下诗歌吗？马尔特！"

"我……"

"试试看！"

在我们进入铁路路堤旁的土路之前，我没有再说话。因为我不喜欢这样，不喜欢被同父异母的姐姐问来问去，就像我不喜欢在德语课上被问一样。反过来，如果她对数学之类的东西一无所知，即使她自称会计算，我也不会对她问来问去。但后来我又突然想，也许她根本就没考虑到我答不上来会感到难堪，而只是想让我谈谈她的诗而已，这是很值得称道的。

"那好吧！"我说，"它们都很短，只有寥寥数语，但它们足以让我悟到一些东西。也就是说，有些父亲，在某种情况下，只要做一件事，就可以永远摧毁他人的生活。"

这一次约瑟芬向我投来感激的眼神。"确实，这很糟糕，尤其是当诗中所说的那个人正是你父亲的时候，不管你认为他是你心目中的神或别的什么，但他确实做了那件事，对吧？"

"嗯。"我一边说着，一边把一块小石头扔到铁路的路堤上去了。

想一想，这样真的很糟糕！于是我急忙问："你是什么时候把它们构思出来的？我是说你的诗。"

她耸耸肩说:"只要我想到一句或两句合辙押韵的句子,无论是在做运动,还是在床上睡觉,或者在学校无聊的时候,我都会马上把它们写下来,免得忘了。"

"那你在家的时候也会这样做吗?'逃课王'姐姐,我是说你逃课在家的时候,还是只在去学校的时候这样做?"

"嘘!"约瑟芬挥了挥手说,好像她想把一切与学校有关的东西,都吹到废弃的铁轨上去似的。

"你觉得咱们的学校和你原来的学校有什么不同吗?咱们的学校到处都是笨蛋:老师把他们所学到的一百年前的东西一字不差地写下来,然后让你背出来,以达到某种教学目标,这样他们才能在中午平静地回家吃饭去。这完全是胡闹嘛!可他们自己明明也知道呀!然而,每个人都装得认认真真,好好听讲,好像取得好成绩对他们来说很重要似的。还有今天的埃克特校长,说什么'约瑟芬,我们只是想让你……',叽里咕噜地说个没完。随她去吧!反正我四个星期后就要走人了,没人在乎我在学校做了什么。"

再过四个星期,我就要参加全国奥数巡回赛了,一种激动感短暂地贯穿了我的全身。我很快就把这份激动放在了一边,我因为能去参加比赛而感到激动,但这并不代表所有的老师都像他们所声称的那样激动,比如说泽尔胡森老师,他真的感到激动吗?当然还有其他一些人，不知道他们是否真正理解我现在的心情。

我没问埃克特校长都具体说了些什么，反而问了这个问题："你知道我真正想知道的是什么吗？"

"是什么？"

"为什么爸爸要这么做。为什么他抛弃了你和你妈妈。他本可以对我妈妈说我们两个不能这么做，我已经有一个家了。"

"他这么做的原因很重要吗？"约瑟芬反问道，"重要的是他做了这件事情。他选择了她，从而导致了一个糟糕的未来，至少对我妈妈和我来说是这样。"

"不，我一定要问个究竟。"我说，"原因始终是很重要的。'因'是万事之源，没有因，就没有果。"

她又看了我一眼，并且突然笑了起来，这是她今天第一次笑。"马尔特，你这个小鬼头，真是有点怪。"她说道。然后她伸出一只手臂，手心朝上，一秒钟后我注意到有一滴水落在了她的手上。不久，大颗的水滴从天而降，并且噼里啪啦地落到了我们的身上。我们只顾着闲逛，谈论着一些有趣的事情，没注意到这个昏暗的二月天，天空下起了雨。

"你先跑！"我咧嘴一笑说道。

下一秒，我们已经跑起来了。

吃晚饭的时候，我就已经控制不住开始打哈欠，妈妈说这是抗生素的副作用，让我吃完饭就去上床睡觉。也许她很高兴能在晚上剩下的时间里摆脱我，毕竟我睡觉了，就不会再问她什么问题了。但她当然也不能假装今天什么都没发生，她甚至还亲密地跟我道晚安，并且还跟爸爸肩并肩站在一起。

"听着，马尔特。"爸爸在我房间里说道，然后把我的乐高从玩具架子上拿下来。他在发出"听着"这个命令之前，还仔细地看了一下周围，然后又继续说："我不知道约瑟芬跟你说了些什么，但是……"

"但是什么？"我不耐烦地打断了他的话。

爸爸看着妈妈。她坐在床沿上，握着我的手，可我把她的手推了回去。

"我们应该告诉你什么呢？"她问道，"难道我们一开始就说我们是出轨在一起的吗？那也太傻了！"

"我不是说你们为什么要骗我。"

妈妈深吸了一口气说："那是什么？"

"我是说你们为什么要这样做，你们这样做不就是不管梅兰妮和约瑟芬她们两个的死活了吗?!"

妈妈转过身去看着爸爸，爸爸走了过来，手里还拿着我的乐高玩具，他离我的床只有一步远。"我们相爱了。"他说道，"可我们只是有时会在一起，有时不在一起。"

"是的，一个家庭的破裂并不是自然发生的，一定是有人为原因的。不管你们相爱还是不相爱，无论如何，你都不应该这么做。话说回来，如果现在在你的公司或者别的什么地方，突然又出现了一个让你喜欢的女人，你会不会又爱上她呢？你会不会撇下妈妈和我，单独与她一起生活呢？"

起初他们谁都没说话，后来我迷迷糊糊中听到的唯一声音，是爸爸的指甲有节奏地刮着我的乐高积木托盘的声音，再往后他们似乎混乱地交谈起来：

一个说："……你不能那样做。"另一个说："……当然你姐姐会那样做。"一个说："……对这样的事情来说，我们那时都太年轻。"另一个说："……说到底都是我们的不是。"

之后又安静下来了，我知道我可能会把这件事忘掉。爸爸妈妈唯一能够提供给我的就是借口，借口迷惑不了我对真实情况的洞察。于是我转过身去，面对着墙哼哼着说："我现在想睡觉。"但我其实并不想睡觉，我一直等到他们的叹息声和"快好起来吧，睡个好觉"的祝愿声消失，我还要再等一会儿，等到我的乐高积木被放到玩具架子上，但我仍然能感觉到有双眼睛在盯着我的后脑勺。等他们最终从我的房间消失，我才从床底下拿出一张字条。

仍然是约瑟芬的一首诗，但愿这首诗不会再是一首悲伤的诗：

我

我——
我就是我。
转过去转过来，
与别人没什么不一样：
两只胳膊，
两条腿，
两只手两只脚，
一个有着
欲望的躯体。

只是
就头脑而言，
我有时与昨天的自己
不太一样。

11

在有答案的地方寻找答案

星期二，妈妈有一些提前预约好的工作，就出门了，家里就剩下我一个人。这对我钻研数学很有好处（至少从理论上讲是这样的），但也有不好的一面（至少从目前的实际情况看是这样）。因为空荡荡的房子更加分散了我钻研数学的注意力。对现在的我来说，时机正好，因为我的扁桃体不再疼了，我的头也不再疼了。可是，在一个除了我自己之外没有任何人的空间里，我是在和我自己相处，或者更确切地说是和我不再疼的脑袋相处。按理说，我是可以集中注意力的，但我仍然集中不了。就像约瑟芬左右不了她内心真正的想法，我现在不仅左右不了自己内心的想法，而且至少有十个不同的马尔特住在我的脑袋里，他们都有不同的想法。

在这十个不同的马尔特中，只有一个想要钻研数学，可我已经坐在写字桌前很久了，还是学不进去。

第二个马尔特最生爸爸妈妈的气，他真想把壁纸胶倒在他们的床上，或者把痒痒粉撒在床上，或者把这两样东西都弄到床上，要他们好看。

第三个马尔特希望爸爸妈妈站在他的面前，拥抱他，说他们所做的那些愚蠢的事情都不是真的，约瑟芬的话只是她编造出来的。

第四个马尔特满心期待拉勒再次联系他。

诚然，第五个和第六个马尔特也希望如此。

第七个马尔特拍拍额头笑道：你又觉得她喜欢你了是吗？

第八个马尔特想出去见朋友，他此时最想见到的是科里亚，可是他不在家，当然马茨和菲利普也不在家，他们三个人都上学去了。

第九个马尔特还记得科里亚现在对约瑟芬的兴趣比对他要大得多。

第十个马尔特仍然在问：他们为什么要这么做？

"啊啊啊！"我大声喊道，我的扁桃体又开始疼了，可能在地下室里都能听到我的喊叫，不过，在这空荡荡的房子里，没有人会干涉你。随着我的喊声停下，房子又陷入了寂静。于是我从写字桌前站了起来，现在最重要的是，不要总是坐在那里，什么都不做，要想办法做点事情。不是我不想做点事情，而是因为现在的马尔特想问"他们为什么要这样做？"。我决定自己去寻找答

案。即使我父母决定不告诉我，我也会寻找机会，找到答案的。不管怎样，当我从楼上跑到楼下妈妈的书房时，我的心并不像前几天偷偷溜进约瑟芬的房间时跳得那么厉害了。当我的目光在书架上扫视时，并没有发现什么可疑之处，当我小心地打开书桌抽屉时，也没有发现什么有用的东西。

总的来说，我到妈妈的书房去时，心跳没有那么厉害，是因为我知道在那里大概不会找到什么有价值的东西，所以也就不用紧张了。

妈妈的书房里，到处是妈妈工作用的东西，没有多余的，也没有缺少的。不外乎图书、有关合同的文件夹、税务记录簿、办公用品、电脑以及她的翻译稿件。这里没有什么秘密，这是肯定的，因为她已经不止一千次地让我把文件夹、地址簿，还有透明胶带或其他东西，送到厨房、客厅和她的房间里去。

而且，我甚至说不出我真正想找什么。难道有一张信息表，上面恰好明明白白地写着她为什么要放着许多更优秀、更吸引人的男人不找，偏偏要抓住一个有妻子和孩子的男人不放？

或者有一本日记？或者有一首像约瑟芬写的那样的诗？肯定不是！

我又环顾了一会儿，然后趿拉着鞋回到了走廊，站在那里，犹豫不决。

当然，我现在也可以把爸爸妈妈的卧室翻一遍，但我对那里已是了如指掌，不会有什么收获。即使是约瑟芬搬进来之前爸爸从地下室清理出来的一箱箱私人物品，对我来说里面也没有什么有价值的、可供参考的东西。因为我的父母设法骗了我十二年，差不多十三年，他们一定不会留下任何可以让人找到的可疑的东西！

"你在这里等什么，你这个超级侦探？"我对自己说。下一秒，有个声音让我抽搐了一下，因为就在我旁边，在房门的另一边，我听到了钥匙的咔嗒声。我还没来得及上楼，门就打开了，约瑟芬突然站在了我的面前。

"你在走廊里做什么？"她问。

"你到这里来干什么？"我反问道。因为现在还是早上，而且她不像我，她没有病假条。

"我来看我弟弟。"

她叫我弟弟，而不是叫同父异母的弟弟①。当我意识到这一点之后，再说她逃课之类的事情，就没意思了。

"你真的是个疯子吗？"约瑟芬拍了拍我裤兜里的手机说，"你为什么不给她回信息呢？"

---

① 德语中"弟弟"为 Bruder，同父异母的弟弟为"Halbbruder"。——编者注

"我给她回了。"我为自己辩护道，然后我们回到了我的房间。

她"哼"了一声，然后用她的靠背垫子打了我的脑袋一下，说道："她独自一人建立起了你们之间的联系，之后，你就只回了她一个小小的谢谢，对吗？这与人家的功劳是完全不对称的嘛！"

于是，我舒舒服服地躺在妈妈搭在沙发上的病号小窝里放松，在这个妈妈搭建的非常可爱的小窝里还有枕头、毯子等，到目前为止我还没有躺进来过，我先躺在里面舒服一下再说。接着约瑟芬问我发生了什么事，由于她是因为我才专门回家来的（也可能因为她对学校没那么感兴趣了），所以我向她谈起了拉勒，或者更确切地说，谈起了拉勒的一些事。然而，我没有想到我会因为这件事而被敲打和埋怨，要不然我可能会重新考虑要不要告诉她。对于这种事情，约瑟芬比我更了解——因为她自己就是个女孩子。现在我可以听听她对这件事的看法了。

"你认为我应该再给她发信息吗，"以防万一，我一边把枕头当成打闹工具预先放在我旁边的扶手上，一边问道，"在我已经发给她'谢谢'之后？"

"我想是应该的。"

"是的，但是……她会不会觉得这很奇怪呢？"

约瑟芬叹了口气说："只有你的朋友科里亚应该有

这样的顾虑！"

我瞥了她一眼。

她回头看着我说："我的意思是，不会，她不觉得这很奇怪的概率占百分之九十九，她看到后应该很高兴才是。而那可怕的百分之一的概率是她不回复你的信息，不过这没什么了不起的。"

有那么一会儿，我不得不思考（除了约瑟芬举出的那个拙劣的百分比概率外）这件事是否真的那么简单……或者说这本来就不是复杂的事？我对此表示怀疑。

"那我应该给她写点什么呢？"尽管这件事不复杂，但我还是问了一句。

"这我可不知道！尽量写她可能感兴趣的事，最好是问她数学方面的问题。"

约瑟芬提出的那个百分之一的设想仍然让我有些担心。我不知道如果拉勒真的不回复信息，那个可怕的百分之一发生了，对我来说是不是一件"没什么了不起"的事情。或者说，如果这不是一件很糟糕的事情的话，我大概可以接受。这就是为什么我要仔细考虑对她说的话，不过我该先把这个事情放一放。毕竟，约瑟芬已经说过，她也不知道该写些什么。她甚至都不认识拉勒，就算认识了，她也无法帮我一把。恐怕我得自己想想办法了。只是现在想不出办法，一时想不出办法而已。这时，约瑟芬坐在了我的身旁。

"科里亚在做什么?"为了改变话题,我问道,"如果你不介意的话,可以聊聊他。"

约瑟芬挥了挥手说:"他没什么不好的,只是有点神经兮兮的。"

"这就是你再次逃课的原因吧?你不是因为我才回来的!"

她没有回答我,只是帮我往上拉了拉毯子,然后两眼看着窗外。但当我跟随她的目光往窗外看时,外面却看不到任何有趣的东西,只有阳台上的竹子在微风中轻轻摇晃,还有灰色的天空,随时都有下雨的可能。

"约瑟芬?"

她一动不动。

"我说错什么了吗?"

"没有。"

"那么然后呢?"

"没什么然后。"她突然转向我说,"我整个上午都在想我的妈妈。要是我告诉你,你也就不想上课了。"

我没想到会是这样,我也不可能想到会是这样。我的意思是,我心里很清楚。当你的妈妈在康复中心待了几个星期,而你却在一个你不想去的地方待着,你不觉得这样很蠢吗?何况这个地方既令人讨厌,又令人感到孤独。还有,她妈妈得的是癌症,这种病可能是遗传的,或者是由于悲伤引起的,而且它以这样或那样的方式偷偷地吞噬人的躯体，消磨人的意志。但约瑟芬看起来并不像一个想念妈妈的人，或者说她表面上看着像个没事人似的。

"星期六我要去康复中心看她，"她说，"我坐长途汽车去。"

我也没想出什么好办法，连忙说："爸爸同意了吗?"

她叹了口气说："是的，已经和爸爸说好了。早上去，晚上回来。"

我点点头。然后，突然间我蹦出来一个念头。这个念头起初低沉而模糊，几乎就像在一个充满喧闹的房间里的一声耳语，等我的脑袋终于明白了它的意思时，我意识到除了我的脑袋以外的身体已经觉察到很长时间了。我的脸上，在我的肚子里，在我的胸腔里，我身体里的任何一个地方，每一个细胞都在躁动，于是我高呼道：

"我可以去吗?!"这与其说是一个小小的问句，倒不如说是一个迫切的请求，对于我解不开的那个疑惑，请允许我在可以找到答案的地方寻找答案吧!

我几乎花了一下午的时间思考我应该给拉勒写点什么，在晚上七点之前终于有了想法，于是我写道：你最喜欢的数字是几?

趁她还没有回信，我快速切换联系人，阅读我和

马茨、菲利普的三人聊天群中的内容,随即输入了几行字:脖子好些了。退烧了。游戏进行到哪里了?

另外,我还查看了科里亚的消息:还生病吗?我想起星期日没有给他回信,我只是当时忘了而已。

我回信道:是扁桃体炎,还没好利索,但好多了。当我给他发信息的时候,他在学校里努力争取约瑟芬好感的那一幕,浮现在我的脑海中。这就是为什么当他询问我数学题是否都做得出来时,我感到怀疑。我怎么知道他是真的想知道我的数学情况,还是只是在寻找一个理由打电话到我家?

一切都好。我安慰性地写道。他又回复了一些话,但我一个字也没看进去,因为另一条信息出现在了屏幕上,这条回复使我的心像一匹失控的野马一样狂跳起来。

我用眼角的余光就能看得出她的回复是非常友善的。屏幕上的其他回复,在我看来,都是在打扰我。不要分散我的注意力了!只有那条拉勒的回复,才入得了我的法眼。

数字"11"。你呢?

数字"8"。

哦,不错啊!你喜欢它什么?

我的心在胸口狂跳,它要是以这么快的速度跳下去的话,恐怕要跳坏了。可我又该怎么跟她解释呢?

我喜欢它的对称性。它的模样让人想起无穷大符号"∞"。刚开始我一点也不喜欢无穷大,因为它太难把握了。不过现在我还是挺喜欢它的,但是,我更喜欢"8"。

于是她干净利索地回复"明白"。她明白我说的意思了!

你喜欢"11"的什么?

这次是我等她了。十秒,二十秒,一分钟。然后,来了!

"11"像两个人。一个在另一个的身后蹒跚而行。然后前面的人停下来,转向后面的人,向他伸出双手。于是他们变成了一个"M"(像是手牵手相互帮衬的两个人)。

我的心又开始跳了起来。两个人手牵着手。我要是早知道这一点的话,就不会那么问了。因为,拜托,这下我怎么回复呢?还没等我想好,手机屏幕又亮了。

也可以这样说:因为"11"是两位数中最小的质数。但这不是我写上一段话的原因,我只是想说"11"挺可爱的,我绝对不是一个愚弄别人的人。

当我打字时,我的手指都开始颤抖了:另一个原因也很美。当一个笑脸图标回过来时,我觉得我兴奋得快要晕过去了。

她继续写道:顺便问一下,泽尔胡森老师说我们星期四的第六节课之后,可以再次找他提问题,到时候你

会来学校吗？

虽然我还不清楚自己的身体到星期四会恢复得怎么样，但我还是抵御住压力写道：*相信我，一定去*。而她回复道：*太棒了！* 然后我们互相用眨眼的表情符号说了再见。

然后我蹲在地板上，想象我周围的地毯上画了一个带有特大号指南针的圆圈，这个大指南针可以保护我免受干扰，所有的干扰都会被圆圈反弹出去。

当然这个圆圈并不存在，当妈妈在楼下喊"吃晚饭啦！"时，她的声音很正常地传给了我。

通常我是不用回答的，至少我还想蹲着再沉思一会儿。不知道是几秒钟、几分钟，还是几小时后，我站起身来，但双脚不动，还是站在先前想象的圆圈中心，呼吸三下，然后向前迈出一大步，回答"我来了"。

12

失约的负罪感

爸爸妈妈不想让我去。他们不希望我在星期四回学校上课，妈妈说："这种感染可不是闹着玩的，泽尔胡森老师先生一定会理解的！"他们还不希望我星期六和约瑟芬一起去看她妈妈，爸爸说："带着链球菌进入康复诊所，是绝对不可以的！"

按照他们的说法，我星期四和星期六的日程安排都很危险，但星期六的日程安排可能要比去学校更危险，这就有点不对劲了，因为从逻辑上说，再过两天我就好了，我就可以与人接触了，为什么不能去看约瑟芬的妈妈呢？这里面似乎有问题。在这里我没有必要重复斯坦布施医生说的"抗生素治疗开始二十四小时后，不再有任何感染风险"之类的话了，或者说我很肯定，我已经完全好了。

阻挠我的一切理由都变得没道理了，因为事情的关键不是我的扁桃体炎（和相应的感染风险），而是我触动了他们不想谈论的秘密。

到了星期三，他们站在我的对面，妈妈一直想低头看我的喉咙，尽管它已经不再疼了，而爸爸说了些希望约瑟芬的妈妈尽快从重病中好起来之类的话，还让我说话不要太有攻击性。"约瑟芬只有和你在一起的时候，才会心烦意乱。"爸爸说道，"你明白吗，马尔特？"

"不明白！"我说。爸爸叹了口气。"你们才什么都不明白呢！"我补充道，然后跺着脚走进我的房间，因为说再多也没用。

晚饭后，爸爸终于忍不住要重新安排我的日程。他说如果我真的感觉很好的话，他可以在星期六陪我一起去郊外散步，然后再去博物馆参观一下，要是天气特别好的话，也可以去更远一点的地方转转。这时约瑟芬突然插话。

"梅兰妮已经准备好见我们了。"约瑟芬在说话的同时，一只脚已经跨出了客厅，"所以，星期六那天，马尔特必须和我一起去。梅兰妮早就期盼着见到我弟弟了。"

刚把盘子收在一起的妈妈转过身来说道："你的意思是，未经我们的同意，你就和你妈妈约定好见马尔特……"她的话还没说完，约瑟芬就已经消失在客厅外面了。妈妈停顿了一下，然后转向我问道："你知道这件事吗？"

"不知道。"我诚实地回答。

"克里斯蒂安?!"

"唉。"爸爸鼓起脸颊，慢慢地吐了一口气。

然后他们沉默了，我意识到他们害怕的事情将要发生了。当然，他们并不确切地知道究竟会发生什么，但他们却知道自己即将失去对我们的控制，他们不得不任由事情在没有他们在场的情况下发生，这些事情在过去只是他们自己的事，但现在是属于我们每个人的事了。

"但你明天必须待在家里，马尔特!"妈妈终于开口说话了，好像这会儿她对我的日程安排有了决定权似的。但事实并非如此，因为她改变不了什么，而且她也很清楚，我不会给她进一步讨论的机会。这样一来，我只需要逃过星期四失约的负罪感就行了。

但不管怎样，我还要在家里待那么长时间，尤其是星期四，我本应该见到拉勒的，想到这里，真是令人烦恼。

我做题和看书用的桌子，还有我的房间，甚至整座房子都令我烦恼。我试图找到一些对策，来应对无所事事的等待和令人困惑的杂念，但都徒劳无功地败下阵来——我恨死目前的这种状况了。就算是比较吸引人的《星际迷航》我都不想偷偷玩了，也不想在我的手机上面玩游戏了，更不想和人聊天了。

以前，我不胡思乱想的时候，最多也就是想想某个人，想我的数学。

还有爸爸妈妈。

我又开始坐在那里看约瑟芬的字条。她疯狂地写下了这样的诗，我不得不慢慢地消化这其中的奥妙。我有时微笑，有时眨眨眼睛，幸好没有被其他人看到——我马尔特·里普肯读这首诗的样子！

草原小龙女

你见过她那又小又硬的蛋吗？
就在草窝里。
尽管你希望，
她会转过身来，
用她的爪子抓住
任何向她靠近的人。
可她与众不同。
她向草原致敬，
以她的同情心向人们说明，
除了坚强之外，
她什么都不剩。
她是由坚强创造的，

而创造她的这种坚强，
使她坚持下去，
坚持一种独立的生活。

当我把所有的诗都看完之后，我兴奋起来，从我的桌子上拿了纸和笔，在纸上写写画画（乌尔里希对此是怎么说的呢？留意诗中的意境）。

你能举重，
也能写诗，
这是真的，
真的不错，
斯佩希特① 夫人！

你的坚强让你的一切，
变得更加粗狂。

我考虑了一下。作为她同父异母的弟弟，我远不如她，我的生活真是一团糟。我对自己没有百分百的自

---

① 一位数学家，在 20 世纪 40 年代，她证明了两个方阵有相似且仅仅满足斯佩希特迹条件。后被学者们定为"斯佩希特型定理"，马尔特认为姐姐很有能耐，称她为"斯佩希特夫人"。下文仍有此用法，恕不再加注释。——译者注

信，所以我把最后两行划掉，改写成：

可是，你看看我，
我什么都做不到。

其实最后两行，我改还是不改，都不重要了。重要的是，约瑟芬无论如何都不会看到我这首蹩脚诗，要是真的让她看到的话，她会笑话死我的。当然也不会有其他人看到。我不如立刻把它们撕碎并扔进垃圾桶里，或者更确切地说扔进废纸篓里。

后来，我看了一下我的手机，她又给我发了信息，她就是拉勒。这是她数学课下课后给我发的，但看到这条信息，我顿时感觉不太好。更令我感到不好的是，她问我说好来上数学课为什么没来，我简直羞愧得无地自容了。

很遗憾你今天没来。你还病着吗？（或者说还要再调养一下，才能恢复健康？）无论怎么说，我不情不愿地跟着泽尔胡森老师上了一节辅导课，也可以说，就是一节乱七八糟的个人培训课。我的天哪，累死我了！

我想说的是，这件事情看起来多么滑稽啊！一体化综合学校的拉勒，跟着泽尔胡森老师上了一节辅导课。我的泽尔胡森老师老师在我五年级的时候称我为数学天才，并邀请我参加了他的数学俱乐部。从去年开始，他陪伴我参加了一轮又一轮的奥数竞赛，但那是为了让我在我的年龄组中获胜，而不是为了在最后几米冲刺的时候突然给别人关键性的提示，让别人获胜。

在这个关键性的时刻，我却蹲在我的屋子里，搞什么愚蠢的押韵，这不是我要注意的地方，我要把注意力集中到奥数上去。

马茨和菲利普想知道我周末的安排，并告诉我不管我来不来，过夜派对都将在星期六如期举行。在过去的几天里，虽然我连十秒钟的时间都没有拿来考虑这个约会，因为我根本就没打算去，但现在我有了新的想法，我发现不去很不合适。因为派对之后他们两个就成为很好的朋友了，而我仍然只能算是他们的半个朋友，甚至连半个都不是，然后在课间休息时我就会一个人站在校园里了。

现在，一切都处在混乱、愚蠢、滑稽中了。

我竟然不知道该怎么回复他们，也不知道该怎么回复拉勒。这天，在我的写字桌前，我一百次地站起来又坐下，坐下又站起来。

今天晚上和明天早上，除了数学还是数学。

这是必须的。不过，之后就是星期六了，不知道又要发生什么事了。

无论发生什么，都随它去吧！

哦，我的天哪！

13

踏上寻找答案的路

从星期四到星期五，数学不像我想象的那样进展顺利，也可能不像其他人所想象的那样不顺利。虽然我确实在某个时候回复了信息，但当马茨和菲利普看到短信时，应该已经是星期六了。

约瑟芬和我必须早起，爸爸要开车送我们去火车站，但从他的举止可以看出，他并不喜欢我们这次出行。

"你有没有仔细考虑过，你是否真的想要这样做，马尔特？"他在等红灯的间隙问道，然后从后视镜里认真地看了我一眼。"你知道你不必跟着去，对吗？无论你们约定了什么，都不重要。现在对我们每个人来说，很多事情都有点困难，这已经不是什么秘密了。但是现实生活中，没有任何一个人真的愿意卷入别人的麻烦中，也就是说……"

"我已经考虑过了。"我打断他的话。

红绿灯快要变了，爸爸猛踩油门冲了过去。

"哇！"坐在副驾驶座位上的约瑟芬惊呼道。

在剩下的旅程中，再也没有人说话了。直到我们站在刮着冷风、车来车往的停车场上，约瑟芬把我们的背包从后备厢里拿出来时，爸爸才把我拉到一边开口说话。

"我知道这件事是我的错，马尔特。"他平静地说道，"妈妈和我本应该对你更坦诚一些。我们昨晚在床上谈到了这件事，我们真的应该把你想知道的一切都告诉你。按照你想知道的，从头开始讲。跟我回家吧！我们会告诉你你不知道的那些事情，你可以完全不受干扰地听，不急不躁地听。而约瑟芬，也可以踏踏实实地去探望她的母亲。"

我抬头看着他。他对着我微笑，并轻轻地用胳臂肘碰了我一下，但他的眼神中却闪烁着一种不合时宜的东西，看起来像是……也许是恐惧。我突然间还真想和爸爸妈妈一起坐在厨房里，喝着可可，听他们说他们还没有告诉我的事情。但我也知道，既然已经来到了这里，哪有无功而返的道理？而且，爸爸劝我回去，一定是害怕约瑟芬的妈妈告诉我一些事情，那我又怎么能确定，妈妈和他真的会把事情的全部真相告诉我呢？

那个原始的、完整的、不加修饰的真相。

"我只是想去看看她而已。"我喃喃自语。现在，站台上的穿堂风把我的头发吹了起来，我像我同父异母的

姐姐一样，戴上连帽衫上垂下来的兜帽。

接下来谁也没说话。爸爸看着前面空旷的地方，也许是在看一个小水坑。然后我身后传来一声清嗓子的声音，约瑟芬说道："我们的火车就要开了。"

爸爸瞬间做了个鬼脸。

下一刻，他又冲我笑了笑。"没事，老板。"他说道，"晚上见！"

他只是冲约瑟芬点了点头。

虽然去康复中心的路不太远，但我们必须要换乘好几次，因为康复中心的真正位置在葡萄酒小镇，或者说在葡萄酒小镇的郊外。更糟糕的是，我们要坐一次区间快车和两次可能是烧柴油的火车，之后还必须再坐一次公交车才能到达。我们的火车每往前开出一段距离，我问我自己的问题就又多了一些，我到底到这里来做什么？或者说我的行动会给自己带来什么样的后果？就像爸爸所说的那样。

约瑟芬则不同，火车每往前开出一段距离，她的心情似乎就更好一些。她有说有笑，谈论着学校里的人，尤其是她们班上的女孩。她说她们个个漂亮得像仙女，还谈论她们读过的书和看过的电影，主要是恐怖电影和中国功夫电影。然后她还告诉我，她已经和七八个不同的男孩子有了接触，还和其中两个约会了，可事实上，她谁都没有看上。

当我们终于驶上一条直通森林的相当陡峭的道路时，我感到非常恶心，也说不了话了，而约瑟芬仍在不停地说着，我突然意识到她不仅很高兴而且很兴奋。也许她生来就这样，真是个神奇的约瑟芬！

当我们的公交车停在森林边上一座看起来像是医院的立方体建筑前面时，她已经急不可待地忙活起来了，甚至在液压门打开之前，她就从座位上跳起来，把背包"唰"的一下背在后背上。汽车终于开到了终点站，我们可以安全下车了。

户外，凉飕飕的风迎面吹来，比城里的风清新多了，这里的风才是真正的风，不是城里那种特别令人讨厌的气流。森林中传出沙沙的风声，我的鼻子在风的吹拂下有点发痒，我真想在长途跋涉后走进森林，到灌木丛中散步，也许还能搜集一些干枯的树枝玩一玩。

但约瑟芬似乎没有到森林里走一走的意思。

"目标 E 号楼！"她宣布道，迈着郑重的步伐走向康复中心，我不得不在后面努力地紧跟着。我们没有绕任何圈子，直接找到了 E 号楼。来到十八号房间门前，我们敲了敲门，突然有个身材娇小，头上裹着一块花头巾的女人站在我们面前。她下身穿着一条宽松肥大的慢跑运动裤，上身穿着一件灰色羊毛衫。我真的没想到，眼前这样的一个女人竟然是约瑟芬的母亲。不，她不是

我想象中的那个模样。我对她一点都不了解，只知道她是个邮递员，比我妈妈大五岁。但我想象中的她比现在我看到的她更加强大、健壮、暴躁，就像约瑟芬一样。当然我也不知道她现在这种有点虚弱无力的外表与癌症之间的关系，不知道她以前是不是也这个样子。

"嘿，你好！我是梅兰妮。"她面带微笑的面孔映入我的眼帘，我赶紧把目光从她的脸上移开。"这么说你是马尔特咯！我听说你是个很了不起的数学家。"她把手伸给我，然后转向约瑟芬。

"嘿，我亲爱的宝贝！"我听见她说。我向她们两个瞥了一眼，才看到她们两个已经拥抱在一起了，我不禁觉得这其中包含了相当多的亲和力……而且，我认为这种亲和力并不都是来自约瑟芬的。

然后她妈妈把我们请进了屋里，这实际上是一个双人房间，但现在只有她一个人住。更有意思的是，在这里——床上、扶手椅上、咖啡桌上、书架上，到处都是东西：书籍、笔记本电脑、钢笔、皱皱巴巴的衣服，一些苹果、橘子和带有棕色斑点的香蕉。在奶油罐子和各种维生素片之间放着一件织了一半的织物，茶托上放着燃烧了一半的蜡烛，有几只杯子里放着喝过的茶包，桌子上放着一台贴着贴纸的平板电脑和一个音响机，还有至少六七根充电线，床头柜上放着一个相框，里面有一张约瑟芬的照片。

"我知道这里看起来很乱。"梅兰妮说着，把身体转向了我，我意识到我又在直视前方发呆了。

"不，不。"我咕哝着，但她只是笑着说不要客气，她知道屋子乱，有点不好意思，让我们可以不用拘谨。已经错过了午饭的时间，她知道我们肯定饿了，我们就准备点一些比萨吃。

"太棒了！"约瑟芬从一张软垫椅子上拿起一本书，然后躺在了椅子上，"想象一下，妈妈，我已经两个星期没有吃任何不利于健康的东西了。"

"我可以想象得到。"梅兰妮又笑了起来，随手从床边抽屉里拿出一本写有不同商品和价格的小册子。"好吧！让我们好好欢聚庆祝一下。"她宣布道，"你应该也喜欢吃比萨吧，马尔特？"这次她冲着我微笑时，我并没有躲开视线。

后来，我们一起围坐在小咖啡桌旁，闻着融化的奶酪、大蒜和金枪鱼的香味。约瑟芬一边咀嚼着拉丝的比萨，一边讲述着她最近经历的一切。讲到她用房间里放着的哑铃做训练时，她说："作为一个地下室里的孩子，这有多潇洒！"讲到一首可能是她昨晚写的诗时，她说这就是为什么她只有五个小时的睡眠时间，然后她讲到学校和埃克特校长，说："她脑袋进水了。"讲到科里亚时，说他是"马尔特有趣的数学朋友"，她说科里亚迷

恋着她，经常在课间休息的时候找她聊天，而大多数人对她感到恐惧或者觉得她对他们感到厌烦，宁愿避开她。她还讲到她蹲在沙发床上，看着雨水噼里啪啦地溅到房顶的玻璃窗上，她怎么也想不明白，她是怎么去了这个世界上最不该去的那个地方，也就是那个失败的父亲和他的浑蛋的家里的。

梅兰妮听着，叹了口气，擦了擦睫毛上的眼泪。我也听着，心里想着，她竟然可以把所有的一切都告诉妈妈，我觉得这太不合情理了。在我看来，有些事情连朋友也不能告诉，反正我不会主动告诉，除非他们先把秘密告诉我。事情的发展往往不以人的意志为转移，你有时候预先想象了要发生的事情，但事实上这往往不会发生。更不合情理的是，当梅兰妮开始说话时，听起来也完全不像一个母亲在跟她的孩子交谈。她说住在康复中心又能怎么样呢，说自己整天都要接受那套可疑的治疗，有些医生是吃饱了撑的，还有些医生只是说些不疼不痒的话，说什么伤疤愈合得很好，伤疤愈合的好坏与癌症有什么直接关系吗？但实际上她的两个乳房仍然感觉到两个异物存在（不幸的是，她的癌症不适感还没有消失）。她说自己不再呕吐了，而且体重也开始慢慢回升了，但她还说，她的前室友在出院前一直在与化疗的副作用做斗争，她很害怕癌症复发，所以每晚入睡前都很恐慌。室友的情况再次让她疯狂了，她几乎患上了妄想症，所以她现在只好自己住一间屋子了。

我静静地坐在那里吃着我的比萨，我对目前发生的一切感到有些不舒服。我不由得想起了我妈妈，她从不告诉我任何关于乳房或者妄想症的事，反而总是跟我讲一些善良友好的母亲的事迹。可是现在，即使我根本不想再听梅兰妮母女的谈话，也没有什么办法，我又不能不让人家说话。

谈话间，比萨已经被吃光了，只有盒子的边上还有一些比萨碎屑。梅兰妮问我们是要喝茶还是要喝咖啡，不管喝什么，她都会从售货机里给我们买。

"咖啡！"约瑟芬说，虽然我从没见过她在我们家喝咖啡，但想想也知道她会喝咖啡，否则她怎么可能一夜只睡五个多小时。而我则喝茶，因为我不好意思要可可饮料。于是，梅兰妮趿拉着鞋慢慢地走出房间。

"那么，"房门在她身后一关上，约瑟芬就问道，"你觉得她怎么样？"

"很好。"我说。约瑟芬的面部表情立即告诉我"很好"是一个无意义的回答，所以我又补充说道："作为一个母亲来说，她真的很酷。"

我的这句话总算通过了她的考察。"不只是作为一个母亲。"

她歪着头说："把一个好好的女人搞成这个样子，都是你的错。"

为什么都是我的错？我怎么也想不通了。但这不是主要问题，约瑟芬突然从椅子上站了起来。

"我去门口拦住她，让她进来，我在外面喝我的咖啡。"她说。然后，当她快要走到门口时，她又回过头来说："现在是你可以和她好好说话的时候了。你想要知道的一些关于她的事情，都可以问，不然你来这里是为了什么呢？嗯？"

然后我和梅兰妮两人坐在那里喝茶，我不喜欢这样，因为这样很难开口说话。

"约瑟芬不会开始抽烟了吧？"她一边问，一边从她的茶杯上方向房门看去，好像她能透过门板看到她女儿似的，"她是不是偷偷溜出去抽烟了？"

"她从没有抽过烟。"我挥挥手安慰她道。我马上就意识到，这位母亲的癌症一定与抽烟有关，但我也知道她不必担心，因为约瑟芬最害怕乳房手术了。"她只是想出去呼吸点新鲜空气而已。"

梅兰妮点点头，有点尴尬地冲我笑了笑，说："你一定注意到她做了许多不合情理的事情……她总是排斥所有的人和所有的事情。"

"哦，对她来说这没什么不好。"我回答道，"我觉得她只有在自己感觉不舒服的时候才会这样做。对我来说，她一直都很不错。"突然间，梅兰妮看着我的眼神发生了变化，她的目光变得更加犀利、严肃、审慎，仿佛她注意到了我之前忽略的一些东西。虽然我不确定那是什么，但我知道我不能再等了。

"她出去是因为我想问你一件事。"我喃喃道。然后我不得不一口接一口地喝茶，我并不清楚我到底想知道什么，除了爸爸离开梅兰妮这件事之外，应该还有别的什么事。

"也许我们应该出去散散步？"梅兰妮看着我忙乱地喝茶，问道，"当然不要让约瑟芬跟着。散步的时候更方便交谈。"

于是我放下杯子，松了口气。对，出去，到森林里走走。

我不知道为什么，但我认为由平面、夹角和缝隙组成的房间，不符合我想象中的提问或是得到答案的场合。但是树木和树根则不同，它们能帮助我回忆起我的疑问。还有那里的风，如果你把后背转向风吹的方向，它会从背后推着你往前走，而你自己不需要做任何事情，只管迈开两条腿往前走就行，吹过来的阵阵微风会把你往前推得更远。

我真的很高兴，森林里有这么多东西值得我观察：有根树枝上面挂着去年秋天的几片干叶子，松果丛里有一只小鸟，那边还有一只小松鼠，当然还有覆盖在狭窄

的草地小径上的，贴着地皮长的低矮的青草。我们边走边聊，梅兰妮说了很多，但她的话里根本没有提到我想知道的那件事以及之后发生的事，也就是爸爸遇见妈妈之后的事，那件事也正是我在她的病房里一直要问却没有想起来的事。不管病房周围有没有东西干扰我，反正我是没有想起来。

因为，再谈起这件事真的很令人难受。

当初梅兰妮逐渐意识到丈夫可能爱上了别人，而且最初的怀疑被证实之后，她仍然希望那只是她想多了。后来，无论她怎么问，我爸爸都否认，说他从来就没有辜负过她。他给人的那种不信任感，从早到晚地围绕着她，在她的梦里也挥之不去。然后在两人相处的危机时期，我爸爸承认爱上了别人，同时承诺要结束这件事，还表示要与她和好，这使她重燃希望。

我惊讶地停住了脚步，问道，"他想和我妈妈分手吗？即使他们已经相爱了？"在我提出这个问题的时候，我忘了看向别处，我最终与梅兰妮对视。在她凝视我的目光中，我看到各种复杂的情绪交织在一起，有忧郁，也有失望，还有一些我辨认不出来的情绪。她说："他想和她分手，或者说他至少尝试过和她分手。毕竟，这是关于他的家庭是否还能存续的问题，无论我们相爱还是不相爱，他都不想轻易放弃一个家庭。即使在他迷迷糊糊的状态下，即使有一千只蝴蝶围着他转，他也能觉察到它们之间的不同，找出他最喜欢的那只，你懂吗？"我磕磕巴巴地问道，"但是……最后他还是到她那里去了？即使他真的想与你和约瑟芬待在一起？"

"是的。"她回答。当我再次向前走时，梅兰妮也跟在我身后走，她的脚步声像回声一样跟着我的脚步声。有那么一会儿，我们俩都没有说话，因为很明显，谈话是否要继续进行，我是否真的想知道更多，是否真的想知道整件事情的背后隐藏着什么，这完全取决于我。我确信背后隐藏的事会让我感到不舒服，我也几乎可以肯定，当我发现事情的真相时，它将会扰乱我的心，但没有其他办法了，我必须要知道。因为，这就是我到这里来的目的。我坐了几个小时的车才来到这里，不问个水落石出就回去，还不如和爸爸妈妈一起在家喝可可呢！我想知道这件被隐藏的事，我想知道这件事的真相，所以我最终问了一个每个数学家都必须问的问题，也是我的父母不可能回答我的问题，我问道："为什么？"

在她开始回答我的问题之前，又有一阵风吹过森林，一片枯叶失去了控制，从树上飘落下来，好像它在为春天的新叶让地方似的。春天的气息好像已经一点点地混在冷空气中，旋转着，摇晃着随风飘了过来。我也大概预感到那件被隐藏的事情快要浮出水面了，这次不能再让它消失了，不能再让这个真相被掩盖下去了，不能再让它成为秘密了。

后来，揭秘过程就像我发烧时看的电影一样，那些画面在我的脑海里一幕一幕地闪过，也可以这么说，就像我坐在企业号飞船里凝视着太空似的。但是，一件意料之外的事情打断了我们。我们已经走了太远的路，梅兰妮身体虚弱，她累坏了，她现在必须快点躺下休息。

"太累了。"她抱歉地说，"我们走了有半个小时了吧？我必须要回去了。"在房间里等着我们的约瑟芬直接把我带回走廊，走到自动售货机旁的一间会客室的角落里。在角落里，她告诉我，化疗会让一个人精疲力竭。相比别人，梅兰妮应该算是一个很坚强的人了，她曾经每天骑着重型货运自行车投递好几个小时的信件，甚至还相当轻松地忍受住了这场大手术。但我已经无法再听她讲下去了，我躲了出去。我只能想到一件事，那就是"我"是罪魁祸首，更确切地说，爸爸最终选择了妈妈，主要是因为在他向梅兰妮做出了要跟妈妈分手的承诺之后，妈妈怀孕了。

也就是说，我妈妈她怀孕了，怀了我。

我想，爸爸并没有立即做出从一个家庭中离开，再组建另外一个家庭的决定。因为无论怎么做，残忍的事都会发生。不过最终，他还是认为抛弃一个孕妇比抛弃一个有小孩的母亲更令人于心不忍。他首先遇到的问题是，他如何度过他和梅兰妮待在一起的过渡时期，也就是他必须做出选择的那段时间，妈妈也因为爸爸的犹豫不决而处于悬而未定的处境。过渡时期可能是一个最不确定的时期，因为谁也不知道在这个时候会发生什么。或者说，这个令人难熬的过渡时期一旦结束，会发生什么样的情况？当他选择一方后，另一方会怎样？

"我想问你一件事。"约瑟芬突然说道，而我却不由自主地哆嗦了一下。

"什么？"

她叹了口气，问道："你都想清楚了吗？"不知怎么搞的，好像有什么东西强迫我看向她。

"不清楚。"我嘟囔着。

她身体前倾，把手搭在我胳膊上，轻轻地按住我的胳膊。"说出来吧！你在想什么？"

我的目光又朝下看去，看着放在我毛衣袖子上的约瑟芬的手，她手上的皮肤有点像大理石的花纹，食指关节处有一小块硬皮。"如果一个女人突然怀孕了，"我用几乎听不清的声音说道，"我是说，如果一个单身女人和一个男人在一起，并且意外怀上了孩子，她会怎么做？"

约瑟芬沉默了。她沉默了许久，然后说道："这完全取决于这个女人本身和她对此事的看法，还有其他一些情况。比如说她有没有钱，她是不是独自一人，也就是说有没有人可以帮她带孩子。"

我点点头。"如果是你呢？我说是如果，你会怎

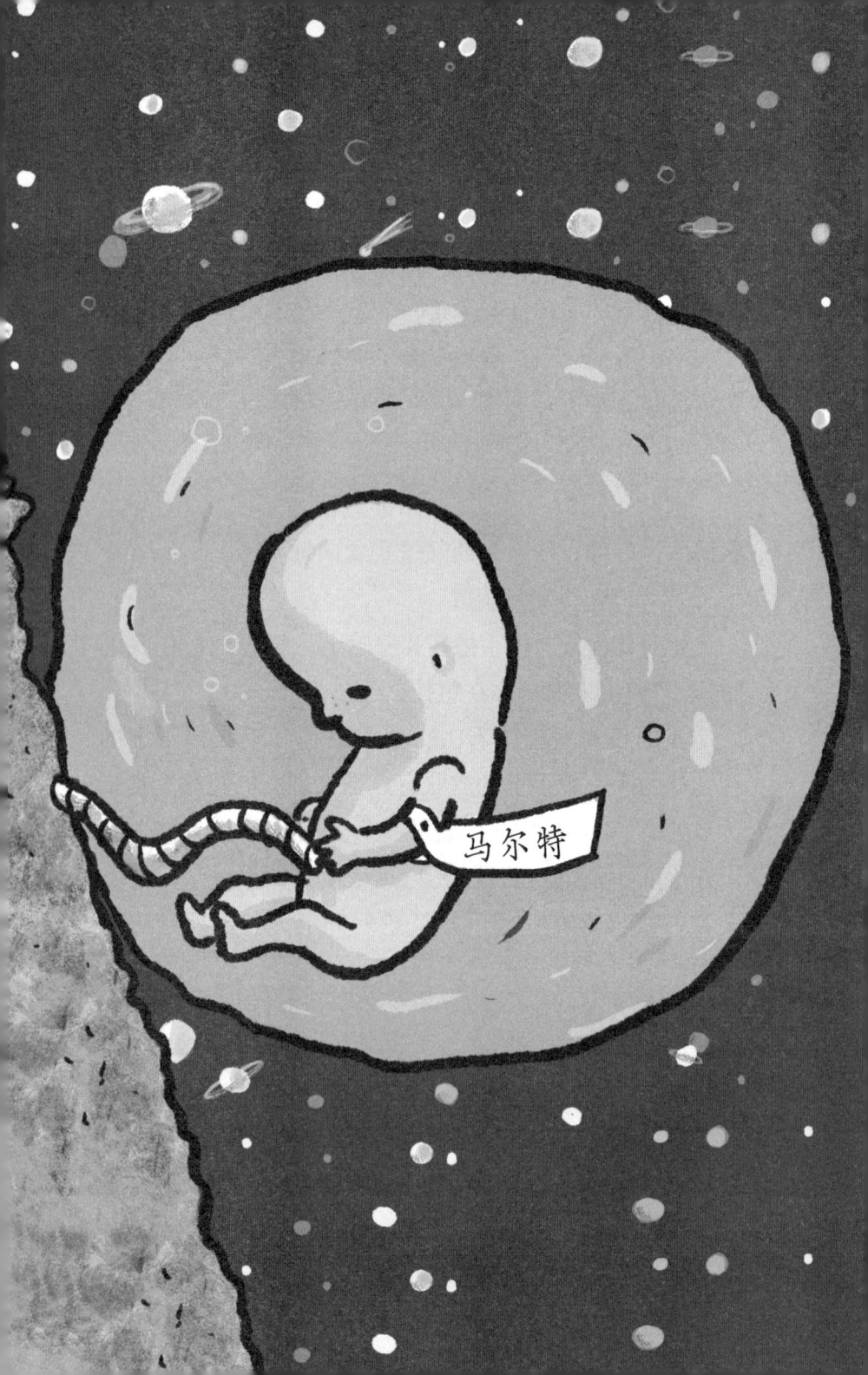

么做？"

"我？"约瑟芬发出奇怪的笑声，"我怀了一个出轨男人的孩子？我会非常认真地考虑一下，我是否一定要生下这个孩子。我很有可能会放弃这个孩子，即使我们班所有的女孩都尖叫着指责我不讲道德也没有同情心，我也要这样做。"

我再次点点头。我理解其中的酸楚，我知道有时候怀孕并不会给人带来喜悦，甚至有人会做出放弃婴儿的决定。因为这是一个麻烦，是一个可能会毁掉一切的麻烦，即使这个婴儿对此一无所知，更不知道该做些其他什么事情来弥补一下，他们大都逃脱不了被放弃的命运。

"嘿！"约瑟芬说，她又捏了捏我的胳膊，"我只是在说我自己，我是约瑟芬，十七岁的留级生，一个单亲妈妈的女儿。我妈妈的乳房刚刚被切除，她连她自己的孩子都不能照顾，更不用说帮我照顾我的孩子了。我说的是一个没有朋友的女人，在这种情况下，每个人都会数落她，恨不得要把她踢到一边去。我只是泛泛说的，并不指任何一个具体的女人，更不指你的母亲。如果我的话与某个人的情况相符合的话，那绝对是一个巧合，不是我的初衷。"但是，我的思绪已经又飞过一个宇宙，来到一个更黑暗的宇宙里了。约瑟芬不停地对我说这说那，我虽然就在她的面前，却什么都没听明白，也记不

清自己回答了什么。当梅兰妮出现在面前，要带我们回房间时，我只是在后面跟着走而已。到了房间，我们好像玩了一轮定居者游戏，还聊了一些别的什么东西，梅兰妮在游戏中忘了建造城市，又抱怨她那被化学药物摧毁的脑子，这让我笑了出来，但实际上这些或许都没有发生过。唯一一件真实发生的事，是我意识到，到这里来完全是我自讨苦吃，我感到恶心，感到胸口阵阵刺痛。也许我不应该出生。

14

失控

妈妈从火车站接我们回家，想马上知道我去看望梅兰妮的具体情况，但我不知道该说些什么好，换句话说，我不是不知道对她说点什么好，而是不知道我是否应该把什么东西扔到她脸上。我心里有一句想说的话：哦，我现在知道我对爸爸和你来说是一场灾难，但这也没什么，不管你们想要我，还是不想要我，都没什么大不了的，毕竟我都长这么大了，是吧？

但我只是告诉她我累了，我确实累了。而约瑟芬，本来就不会跟我妈妈说太多话，除非我妈妈把她骂急了，她才反击。于是我们三个坐在车里，静静地看着车窗外的风景。到了家里，我只是匆忙吃了点东西，然后就上床睡觉去了。

第二天是星期天，爸爸来找了我好几次，他也想知道一些我去看望梅兰妮的情况，但我连看都不想看他，更不用说跟他说话了。只要一听到他的声音，我心中就有一股无名火燃烧起来。

妈妈的讨好、安慰和笑声也让我抓狂。她的这些举动比平时多得多，但我知道她其实还有很多工作要做，以前的星期天可没有什么能阻止她坐在办公桌前工作。

"任何一个人，都不要来打扰我！"当爸爸第无数次冲进我的房间时，我喊道。我装模作样地坐在那里看我的书，其实我连一个数字都没看进去。

然而，爸爸并没有想走开的意思。"听着，马尔特。"他说，"我有权知道你是如何与我的前妻一起度过一天的，以及你今天的表现到底是为了什么。"

"哦！你有这个权利知道吗？"我答道。

"是的。我完全在用你的逻辑来跟你对话，你一定是想让我们开诚布公地谈谈。"他关上身后的门，好像在向我证明，我们现在可以私下交谈了。"去看望梅兰妮，这种拜访令你感到不安，这是可以理解的，但如果你不告诉我到底是什么困扰着你……"

"那又怎么样？"

"那我也帮不了你，伙计！"

我心中的那股无名火开始燃烧起来了，在它烧得我喘不上气之前我喊道："你帮不了我？你会做数学题吗？这才是真正困扰我的！我可能需要一两个提示。"

"哦，马尔特！"爸爸说，"你很清楚，数学这个东西不是我们现在谈话的主题。"

因为我不想让谈话的紧张气氛把事情变得更糟，所以我得说点别的，摆脱目前的僵局。

"是啊，当然，这只不过是全国奥数巡回赛而已。如果你真的想在其他事情上提供帮助的话，那你去找约瑟芬好了，问问她是否需要什么帮助。这么多年来，她一直在靠她自己，现在是你抓住机会的时候了！"

爸爸没有再多说什么，只是在转身打开门走出房间之前，发出了一声古怪的叹息。这一次，我敢肯定，他在今天剩下的时间里绝对不会再到我房间里来了。

星期一我到了学校，这里的情况也好不了多少。马茨和菲利普来了，虽然有点犹豫，但他们还是问我是否完全恢复健康了，周末是否过得愉快，并告诉我他们过夜派对的情况，说我或许下次能去他们那里。这样听起来我还没有完全脱离他们的圈子。但我心里却想，从现在开始我必须在休息时间忙我自己的事了。事实上，我对马茨和菲利普的派对根本不感兴趣，所以我只是说："让我看看，如果我有兴趣的话，也许我会去吧！"他们俩交换了一个眼神，在去上地理课的路上，我们谁也没有再说一句话。

地理课实在是太无聊了，我有点心不在焉。弗林斯

先生把我的试卷发给了我，我考得不是很好。当然，我没有好好准备这门课，也没有好好复习。但大家必须听我说一句，其实我现在应该展示的是我的数学天赋，也就是我的特长——可目前我什么都没有展示出来。在接下来的德语课，乌尔里希给我们大家讲了一首诗，作者是一个自称诺瓦利斯①的人。"赠予我们的奥数天才。"她一边说，一边眨巴着眼睛看着我，又说上个星期发生在我身上的一切都很有诗意，这首诗现在对我来说很重要。这首诗很押韵，但它让我很紧张。

> 如果数字和图形不再是
> 揭示一切的钥匙，
> 如果歌唱和亲吻的人们
> 学识比大师还惊人，
> 如果有一天全世界的人们返璞归真，
> 回归到自由自在的生活。
> 如果那时的光与影重新和好，
> 合为纯粹无比的澄净。

---

① 诺瓦利斯（德文 Novalis，1772—1801），原名格奥尔格·菲利普·弗里德里希·弗莱赫尔·冯·哈登贝格（Georg Philipp Friedrich Freiherr von Hardenberg），德国浪漫主义诗人。——编者注

如果人们从童话和诗句的教化中
认识真正的世界历史，
于是整个颠倒的存在，
即可随着一句咒语而飞逝。

"你有什么看法，马尔特？"乌尔里希歪着头，依旧对我微笑着，从她的表情来看，她似乎跟我搞了个微小而又精细的恶作剧。如果数字和图形不再是……那是什么？

"我不认为文字比数字好多少。"我吸溜着鼻涕说，"文字可以说谎，数字不能。"

她沉默了一会儿，可能还不习惯我的说话方式，然后她说："没关系，但你不觉得诺瓦利斯所指的可能是别的什么意思吗？"我还没有回应，她又补充道："一种无法用数字逻辑表达的特殊真理？"

但我什么都不相信，也不想听到任何关于真理的事情，对我而言，那些真理什么的就继续待在辣椒地里或者类似的什么地方就好了，因为它们太可怕了，没有任何一个"颠倒的存在"是可以被吓跑的。"不！"我喃喃道，"为什么偏偏是童话和诗歌能教化人？这完全是胡说八道。"

乌尔里希不解地看着我，好像我是一个彻头彻尾的外国留学生，一不小心误入了这个班。眼下我们班的好

学生拉斐尔正在叫她，甚至还打了个响指，于是她从我旁边离开，到其他地方去碰运气。

"伙计！"马茨在我身边低声说道，"你真的没有觉察到她想从你这里得到什么吗？甚至我都可以告诉你。"

我没有理会他，把胳膊放在桌子上，把头埋在胳膊弯里。我想起了约瑟芬。她可能会同意诺瓦利斯关于数字和歌唱的看法，但肯定不会同意他口中所谓的自由生活，更不用说那些总是犯错误的男孩躲在别人背后的亲吻。我想到了拉勒，我今天将会在数学俱乐部里见到她，我已经好几天没给她发信息了。

德语课下课后，我们站在俱乐部的教室里，吃着早餐罐头里的剩菜，等待着泽尔胡森老师。我们这些人中有我和科里亚，还有格雷戈尔、皮亚、小陈、莱奥妮。科里亚说："你回来真好。"我嘟囔了一句让他难以听清的话，因为我认为他接下来肯定又要问我关于约瑟芬的事了。但科里亚看出了我的意思，也只是喃喃地说了些什么。我们俩都耸了耸肩，往四周看去。我想，如果我告诉他我同父异母的姐姐对他的评价，我就无法脱身了。不知道什么时候，拉勒也出现在房间里，她总是给人出其不意的感觉。

"嘿，马尔特！"拉勒自然大方地向我走来。她的举动让刚刚加入格雷戈尔阵营的科里亚睁大了眼睛。但我注意到，她之所以接近我，不仅是因为她在数学俱乐部只认识我，还因为我们在奥数巡回赛之前以某种方式联系在了一起，她想和我讨论一些事情。可不知怎么搞的，她的到来使我有些不舒服。

"你觉得有什么地方不舒服吗？"她马上开口问道，语气听起来不是特别友好。

我假装不知道她是什么意思，其实我当然知道。但不管怎样，拉勒曾提醒我上课的事，上个星期我脑子一抽，在消息框发出"哦，希望你玩得开心！"，然后便消失了。在关于泽尔胡森老师的课程安排和星期四失约的事情上，我也没有再跟她联系，尽管她在周末给我发了三条消息。

"我认为你的举动实在是很不着调！"她说道，"我为此花了好几个小时甚至好几天，来反思自己是否发错了消息。"

"我把手机关掉了，因为我还有其他事情要做。"我为自己辩护道。

"哦，这么说，你又在收拾你的房间了？或许你在干别的什么事情？"她翻了个白眼说道，"但不管你在干什么，你能不能同时动动你的两个大拇指，难道连一条消息都打不出来吗？或者按一下麦克风按钮，难道连一条语音信息都没时间发吗？"

她的话让我很生气。我不想再与拉勒联系了。也许是因为现在的一切都让我厌烦，所有的事情和所有的人，她也不例外。"也许就是你发错了什么。"我反咬一口，她困惑地盯着我。

她用目光说道：马尔特！我们交流我们最喜欢的数字，你说过的话你不记得了吗？我马上就开始为自己说过的话而感到抱歉了，但与此同时，我变得更加恼火了，因为我竟然会为此感到抱歉。所以我用自己的目光回答道：对，我们曾经互相发过这样的东西，关于美和永恒的记忆，以及相互握着手的人——一直发到你开始你的"个人培训"课为止。

也许拉勒会明白问题出在哪里，也许她甚至会感到抱歉，谁知道呢。但最重要的是，她现在也很生气。她冷冷地挤出一句话："我实际上是想告诉你，我和泽尔胡森老师老师都做了哪些练习……而且后面提问的时间也是为你准备的。另外，我想告诉你的是，我只能在星期一来，不能再在星期四来了，这是因为如果我星期四再来，我就永远没机会参加学校合唱团的活动了，这就是我遇到的麻烦。正是因为这个原因，泽尔胡森老师老师和我一起做了更多练习。如果你不马上停止对我的冒犯的话……"她轻轻"哼"了一声。

就在这时，泽尔胡森老师走进教室，所以我懒得回答拉勒的话。每个人都慌里慌张地回到了自己的座位上，虽然我和拉勒出于小集体的原因仍应该坐在一起，但我们之间的距离比上次拉得大多了。她再也没有露出她那灿烂的微笑，再也没有看我一眼，只是打开书包。当我斜着眼睛偷看她的作业簿时，我亲眼看到了她在星期四学习的全部内容：那些作业题我根本没有见过，更不用说做过了，另外还有草图、助记符、辅助计算和摘要等。还有，在我熟悉的那些书页上，我看到她把空白处都填上了答案，没有像我那样留下许多空白。我做了那么多个小时的填空题，都无法把它们全部填满，而她却都填出来了，我内心的火气越来越大了。

泽尔胡森老师也没有放过我这次又搞砸测验的事。首先，他让大家做了一个小单元测验，就是让我们找找看，在自然界中有哪些东西像椭圆。然后他走到拉勒和我身边，看着我们的测验卷子。当他把我的卷子发给我时，皱着眉头说道："我希望你能充分利用在家里休息的时间，马尔特。"然后他又迅速补充道："当然，在你的病情允许的情况下。"但很明显，他对我一点也不满意。糟糕的是，他担心我会在全国奥数巡回赛上拖大家的后腿。更糟糕的是，现在拉勒知道我是一名数学不及格的学生了，这让我非常生气，因为这都是错的，根本不是真的。我是我们学校数学俱乐部的组长，在五年级的时候就是了。我，并不是那个一体化综合学校女孩眼中的我！

"但没关系，我们会再从头至尾地讲解一遍。"泽尔胡森老师一边说，一边有点苦恼地笑了笑，"最好让拉勒先给你泛泛地讲解一下我已经给她讲过的内容，然后她和你进一步巩固一下这些内容。如果还有什么不清楚的地方，我再讲，好吗？"

然后发生了什么，我记不太清了。当我走在被雨水打湿的道路上时，我甚至都还不明白，我不知道我为什么要那么做，我不知道我都做了些什么，我不知道是不是我做的，我不知道我是不是主动发火的。我好像被一条看不见的绳子拉了起来，究竟是我本人把那些不该说的词放在嘴里的，还是有一个恶魔把它们放到我嘴里的？我一概都搞不清了。

我只知道拉勒瞥了我一眼。我看着她那张脾气暴躁的脸慢慢变得傲慢，她说道："那我现在就给你讲解一下那些琐碎的内容，尽管我更愿意在星期四给你讲。"

于是我情绪失控了。"我才不需要你的讲解！"我一边收拾东西，一边喊道，"因为我无论如何都不会参加全国奥数巡回赛了。你现在可以以这所学校的名义参加竞争了，即使你作为一体化综合学校的学生在这里报名，也是没有任何关系的！"然后我扫视了教室里的所有人。泽尔胡森老师好像在我身后喊了些什么，但我那时已经离开了教室，踏入走廊，走出了校门。

是的，我就知道这么多了。但是，我在毛毛雨中每往前奔跑一步，就更进一步地意识到，我刚才的举动，真的要把我推上一条不归路了。

15

姐姐的安慰

"马尔特，是你吗?!"当我冲进家时，妈妈不知从哪个地方冲我喊道。可我现在浑身是雨水和汗水，甚至可能还有眼泪，我没法分辨，我只想扑倒在地板上，大口大口地喘气。

"你不是应该在数学俱乐部上课吗?"她的声音越来越近，很快就出现在走廊里，"你是一路走回来的吗?"

我大口呼吸的气体充满我的肺部，我想永远这样，闭着眼睛，头靠在我的胳膊上，没有思考，没有语言，只是喘气吸气。不过，我当然不会一直这样下去，妈妈已经蹲在我身旁，抚摸着我的头了。

"马尔特，这是怎么了?"

我摇了摇头，甩开她的手。我的思绪已经回到我的脑海里了，现在我真的要哭了，一秒钟也忍不住了。

当妈妈把我抱起来时，我再也忍不住了，我只能任由自己来回摇晃着号啕大哭，大声咳出来的痰和流出来的鼻涕蹭了她一肩膀。

"好啦好啦，没事了。"妈妈一边轻声轻语地说，一边摇晃着我，就像摇晃小时候蹒跚学步的我一样。此时的感觉真好，我真希望我只有三岁，什么都不知道，什么都不必知道，除了数积木，什么都不用做。

不知什么时候，我湿漉漉的夹克被挂在了衣架上，妈妈正在给我做热可可。我上楼洗了个脸，换上了一身干爽的衣服。我已经答应妈妈了，要让自己冷静下来。从逻辑上来讲，我必须向她解释，我已经退出全国奥数巡回赛了，即使我也弄不清楚自己到底是怎么退出的，但我得告诉她。我说："我不想再这么下去了，因为我的状况太糟糕了，而且，随着全国奥数巡回赛的临近，我变得越来越糟糕了。我还知道，拉勒无论如何都会打败我，一切都让我觉得很丢脸。"妈妈在我说话的某个间隙点点头，并且安慰我："如果竞争让你感到压力太大，你就不必继续下去了。没有人让你这么做，马尔特。也许我们曾经这样要求过你，但主要还是看你愿不愿意。"

我必须要打起精神来，不要再哭了。她不强迫我去做，反而让我一时之间不知道怎么做好了。但不管好坏与对错，反正我现在已经正式宣布自己不会参加全国奥

数巡回赛了，我肯定也不会再见到拉勒了，这实际上是今天发生的一切事情之中的一件好事，但与此同时，也是一件特别悲伤的事。我的皮肤开始发烫，眼睛开始发热，两个鼻孔开始喷出热气，我想用手背堵住它们，但妈妈说了些别的什么话，使我的内心瞬间变得僵硬起来。

"我还是要问你一些事情。"她一边坚定地看着我，一边说道，"你必须要告诉我，是什么事情在困扰着你？"

告诉你又有什么用，我无论怎么做都无法掩盖我号啕大哭过的事实，因为我已经哭出来了，而且它早已把我控制在它的手心里了，它想让我什么时候哭，我就得什么时候哭。

"让我们从头开始吧！"爸爸说道。他坐在他的安乐椅上，解开鞋带。自从回到家，他几乎连脱鞋的时间都没有，妈妈和我像两个外国使节似的站在他的旁边，等待他的接见。

先是妈妈说了一些话想说服他，然后本来该我说点什么的时候，却出了大问题，因为妈妈不停地打断我。就在这时，音乐声突然从约瑟芬的房间里响起，爸爸挥了挥手，说："等一下，等一下，等一下！"于是他去了地下室。

不一会儿，约瑟芬的房间安静了下来。我不知道爸爸做了什么，从来还没有人能这么快让约瑟芬把音量调低。他回来后让我们到客厅里去，在客厅里他脱掉了鞋子，甚至还从客厅桌子的抽屉里拿出了一袋哈里波①，然后又靠在他的安乐椅上。

他表现得越是冷静，看起来就越是紧张。

"梅兰妮都跟你说了些什么？"

"她什么都没跟我说！"我吼道。

他在安乐椅上挪动了一下，伸长脖子在妈妈和我之间来回看。

"克里斯蒂安！"妈妈突然说道，"我不知道她跟他说了什么，但马尔特认为我们怀上他的时候一度不想要他。你明白吗？不——想——要——他！"她拉长了声音说出最后四个字，然后双手捂住脸，扑倒在沙发上。

妈妈扑倒在沙发上的瞬间，爸爸做了个鬼脸，然后又费力地笑了笑，指着他旁边的椅子。"请坐，马尔特！"他一边说，一边撕开了哈里波的包装袋。

但我不想像一个追求和平、快乐的小孩一样坐下来吃零食，我想站着，如果我太难受了，就可以随时离开这个客厅。爸爸等了一会儿，看我还是没有动，他问我："是这样吗？"

我盯着推拉门，但没有转身离开他和妈妈。于是我

---

① 一种德国糖果，也是德国的一个企业名。——译者注

说道："我没有那样说过。"

"但我是认真的。"妈妈捂着脸说道，"这不是巧合，在梅兰妮告诉你……这件事之后。"

"现在停下来，安佳!"爸爸突然怒气冲冲地说道，"你不要再让马尔特说话了。"

这时，妈妈的脸从双手中露了出来，她的目光越过我，她冷酷地盯着爸爸说："我清楚地知道这件事。"在经历了这么多波折之后，她的声音现在听起来冷冰冰的，似乎有点发紧。"我总是说，在某个时候，你的前妻一定会干涉我们的家庭生活，并设法对付我。最好的方法就是把我说成坏女人，把自己说成受害者。我早就知道会有事情发生，但你从来就不听，克里斯蒂安，有时我想知道，你是不是还没有离开她?"

"告诉我，你疯了吗?"爸爸喊道。

"我一点都没疯。"妈妈回答说。我慢慢感觉我不再是这场谈话的主角了。在没有我的那个时候，爸爸妈妈之间发生了许多事。甚至可能是从那个特定的时间，也就是那个该死的过渡时期（妈妈怀我的那个时候）开始的。但与此同时，我毫无疑问地成了这个过渡时期的累赘，因为如果没有我，以后的事情就不会发生了。另外，如果不是我哭得这么厉害的话，所有的事情都会继续沉寂下去，可能永远都不会浮起。因为我把数学俱乐部的一切都搞砸了，也因为梅兰妮的话让我大吃一惊，尽管我一直在怀疑她的话。约瑟芬说的话更加让我震惊，即便她只谈论了她自己。整件事情的真相让我的生活变得比以前更加困难了，这一切使我无法再忍住内心的郁闷，就哭了出来。

"梅兰妮只是说你怀孕时，爸爸并没有想马上离开她，但以后怎样，一切都不清楚。"我回忆着说道，"她说这话是因为我问了她，而不是因为她故意想惹人生气。她太不幸了。她得了癌症，妈妈！"

妈妈转过头来，久久地看着我。"对我来说，没有什么是不清楚的。"她终于说道，"马尔特，我想让你知道，我不可能做出反对你来到这个世界的决定——梅兰妮很清楚这一点，不管她是否告诉过你。你爸爸也很清楚这一点。对我而言，从我怀了你开始，我就期待着你的到来。尽管我知道，如果没有你爸爸在身边，我们的生活会很艰难。"

起初，我让自己沉浸在她的话语之中，就像钻进柔软的枕头里一样。妈妈根本没有想过不要我，她和梅兰妮家的那个约瑟芬不同。现在，我意识到她说这些话的语气是多么的辛酸，我的心好像被针扎了似的，这种令人难受的感觉又回来了。

"爸爸，你呢？你想要我吗？"

爸爸的脸像推拉门一样变来变去。我有点哽咽。

"如果妈妈选择不要我，你一定会更喜欢这样的结

局，你既可以与梅兰妮和约瑟芬在一起，也可以跟妈妈继续在一起。"我咬着牙说道，"你觉得我说的对吗？"

他沉默了好久，直到我已经走到走廊里，他才喊道："你这是胡说八道，马尔特！"他说的其他话我一点也没听到，我所能听到的只有耳朵里的噪声和我沉闷的心跳声。当我拖着沉重的脚步走下楼梯时，我脑海中只有一个想法，那就是：我要到我姐姐那里去。

"今天到底是怎么了？"约瑟芬问道，她邀请性地拍了拍旁边的沙发说，"克里斯蒂安刚刚在这里已经上演过一出戏了。"

我拖着两条疲软的腿走进了她的房间，不由自主地倒在她身边皱巴巴的床单上，靠在她温暖而又结实的肩膀上，一句话也说不出来。

"嘿，小不点！"她紧紧搂着我，说，"我在这里，你感觉好点了吗？"

不知道我们这样坐了多久，她的笔记本电脑在我们面前发着微光，她写的诗被微光照映在我们的面前：

不好说的事

你开始造你的句子，
我开始把自己变成一堵墙，

再用砂浆做成的织物

把我自己封起来。

然后呆呆地

听着你的每一句话，

遵循你

蓄意良久的阴谋。

我碰得晕头转向，

把你不好说的事

咣当一声

砸进我的胸腔。

"你的意思是爸爸容下你了？"过了一会儿，我指着显示屏，若有所思地问道。

"不好说。"她捏了捏我的肩膀说，"当然，事情往往是这样的，一开始你的矛头只指向伤害你最深的人。但后来，不知怎么搞的，所有的人都违背常规，于是都变成了伤害你最深的人。"

"你的意思是，你不能再和他们中的任何一个人相处了？还有，如果你不能与那个伤害你最深的人——你的爸爸和平相处该怎么办？"

"你一开始就恨的那个人，不管他后来做什么，你都会继续恨他。然后你会发现，在其他任何方面，你都对他关上了你的心灵之门。"

我想起了与她接触的那些男孩，她后来说感觉他们都很愚蠢，我还想起了科里亚，她从一开始就没有让他靠近过，尽管他肯定没有对她造成任何伤害。我想起了被她讨厌的埃克特，被她瞧不起的戴着"光环"（有一定家庭背景）的十年级女孩，还有被她骂为"资产阶级小妞"的班主任老师，当然还有妈妈，那个**浑蛋**。"你还可以跟爸爸相处。"我说，"他根本不想离开你和梅兰妮，他想和你在一起，胜过我和我妈妈。"

她突然抬起搂着我的一只手，拍拍我的后脑勺。"你领悟得不太对！我可以提醒你一下，你在哪里？和谁一起生活了十三年？"

"是的，这个我知道，但是，这只是因为我妈妈怀孕了，而且她很想留住我。如果按照爸爸的想法来决定，我就不会坐在这里了，他一定会选择和你还有梅兰妮在一起。"

"我不这么认为。"

"但事实就是这样的。"

"胡说！他爱你，马尔特，你没注意到吗？"

"也许他爱你比爱我更多一些，而你却没有注意到。"

"你疯了！他恨我。我是他的扫帚星。"

"你才疯了呢！先不说别的，他至少想要你。"

"有人吗？"有个声音从门外传来，惊慌失措的约瑟芬猛地一下合上了她的笔记本电脑。门外是一个颤抖的声音，一个听起来甚至像是在号叫的声音。我从没见爸爸这样哭过。他此时的声音与以往任何时候都是不一样的。"你真的认为所有的事情都是那么简单吗？就像人们所说的那样清楚：这里就是这里，那里就是那里，这个就是这个，那个就是那个，好人就是好人，坏人就是坏人，爱就是爱，恨就是恨？难道你不认为生活中也有这样一种情况，就是你所想、所说、所做的一切都是错误的，因为在这之前已经有太多的错误发生过了吗？在这种错综复杂的情况下，难道你知道你该如何做选择吗？"

如果让我回想我生命中能够记住的日子和事情，我想不出太多。还记得六岁生日那天，我得到了一个实验试剂盒。记得我们去土耳其度假，借助潜水装备进行潜水。那天，我被门槛绊了一下，我的小脚趾骨折了。这使我想起了一些与数学和数学竞赛有关的事，或者说我突然明白了一些事情，而这些事情是我以前从未经历过的。就在这天，所有的事情突然间都变得合乎逻辑了。其他的一些概念性的东西我还是弄不明白，甚至连圣诞节是什么也不理解，我把圣诞节模糊地看成了一棵圣诞树、一些礼物、一盒饼干、一束灯光、一种装着各种小礼物的盒子。但去土耳其度假的这一天，我肯定是永远也不会忘记的。在这一天之前，我从来没有经历过如此可怕的事情，也从来没有经历过如此美好的事情。

我也不会忘记我们四个人，妈妈、爸爸、约瑟芬和我，坐在地下室的同一张沙发床上。我们一起哭过，我们一会儿你一句我一句地说话，一会儿又沉默不语。

正如爸爸承认的那样，当时他首先希望妈妈按照他的想法放弃我。但幸运的是，妈妈没有听从他的想法。无论他多么纠结，这个想法也只存在于他的脑海中，而他内心深处并不是这么想的。他想要放弃我的这个想法，与他的家人有关，她们需要他，他不知道自己该顾哪一头。与他深爱着的我的妈妈无关，尽管他的这种行为是不道德的，因为他已经有了一个漂亮的妻子和一个可爱的孩子了。当然，那个孩子不是我，不是我这个未来的儿子。那时候他爱我们所有人，按照他自己的方式去爱每个人，他爱妈妈、爱梅兰妮、爱约瑟芬，甚至爱我，这个小小的未知的生命。他既不想失去我，又不想失去任何一个人！

正如我所说的，这种事是不合逻辑的。

至于约瑟芬，按照她的情况来看，她更像是不爱任何人。

妈妈说想起爸爸在她身边和不在她身边的那段日子，她很痛苦，因为当时的她不知道明天会是什么样子，或者说，不知道自己对爸爸来说是否还有价值。

我想起我们一起哭、一起牵手的日子。就像爸爸曾经告诉我的那样，有些事情的发展是不符合逻辑的，但我们必须要相信逻辑。

我当然不会忘记刚才那种不符合逻辑的怒火在我胸中燃烧的时刻，我在课堂上闹腾这个事情与爸爸或当时发生的事情无关，而是与逻辑和信仰有关。在我的一生中，我只相信一件事，那就是你不能只是一味地相信，你要不停地去证明你相信的东西是可信的。因为所有的事情都有与它必然联系的一个方面。这东西要么是真的，要么是假的，要么是 A 能推出 B，要么是 B 能推出 A，这就是人们所说的充分条件问题。

但即使有了逻辑，现在也不一样了，就像所有事物的发展一样。有人说现实世界的故事不能再用数字和图形来表达了，但至少我不这样认为。持这种观点的人，可能从来就没有这样做过。可以说，世界上所有人都知道的事，甚至连乌尔里希都知道的事，我却不知道，难道我真的那么傻吗?!

"你和我一起在楼下睡吧，小不点?"约瑟芬问我。此时我们刚吃过晚饭，大概九点多。

我连一秒钟都没有犹豫。这不仅是因为我不喜欢每天一个人躺在我的房间里，或者妈妈给我搭建的那个小窝里，这样所有有趣的事情和想法都只能在我自己的脑海中转悠。还因为，我有一件事还没有告诉我姐姐，当然也没有告诉任何人。

"你呀!"当我们挤在沙发床上时,我低声说道。我意识到它与真正的床,比如我的床相比,是多么的不舒服。但这里很凉爽,比我们家房子里其他任何地方都凉爽,你必须把被子拉到下巴那里盖好。这里也很黑,这种漆黑一片的感觉,只有在晚上进入地下室才能体会到。在这里你可以透过放下来的百叶窗帘,看到窗口透过来的一点光影①,即使你睁着眼睛盯着天花板看很久,也只能看到黑乎乎的一片和几个灰色的闪着微光的小点。

"你说什么?"约瑟芬反问道。

"我是说我自己。我跟拉勒的关系搞砸了。我可能再也见不到她了,永远也见不到了,因为我再也不能去数学俱乐部了。"

她猛地一下坐了起来,打开了沙发床旁边的落地灯,问道:"怎么了?"

我揉了揉眼睛,然后小心地眨眨眼。当我再次看清眼前的一切时,她沮丧的脸出现在我的面前。

---

① 德国的地下室一般都有窗户,有的开在房顶上或房上的某个位置,只能看到室内的光线,看不到室外的光线;有的开在高高的墙上,接近地面或高出地面一些,可看到室外的光线。故地下室可以透过窗户射进光来。——译者注

"我告诉她，她在我们学校是站不住脚的。不，我是尖叫着说的。"

"噢，马尔特！"

"你看该怎么办呢？"

"我看……"

我们沉默了一会儿。

"为什么？"她接着问道，"你为什么不继续去数学俱乐部，想办法解决这件事呢？"

"因为我再也不能参加全国奥数巡回赛了。一切都结束了。"

"马尔特！"约瑟芬的声音听起来很严厉，她看着我的眼睛说道，"为什么？怎么了？发生了什么？"泪水再次涌上我的眼眶，好像它们从我不久前号哭过后就一直在等待机会再次涌出来似的。我伸手去按落地灯的开关，但约瑟芬抓住了我的手腕，把我的手臂拉了回来，把我紧紧地搂在怀里。

"哭出来吧！"她在我耳边轻声说道。于是我哇的一声哭起来了，哭着哭着，我不再像今天下午那样号啕和愤怒了，而是安静地抽泣，这真让我震惊。在我哭泣的整段时间里，姐姐一直抱着我，在我哭到没有眼泪，没有啜泣，只是平静下来慢慢深呼吸时，她还是抱着我没有放手。然后她张开双臂，再次向我提问。

"我再也做不到了。"我轻声答道，"拉勒做得比

我好。"

"你是说数学？"

"嗯。"

约瑟芬弯下身关掉落地灯，就像她刚才打开灯一样突然。"这就是你忌妒她的原因？即使你喜欢她，但也没有忘记你对她的愤怒和忌妒？"

地下室里的黑暗也有它好的一面。因为有些话你只能在别人看不到你的时候说，例如，"是的。"还有，"我无法解释，这和其他情况一样，不合逻辑。"

"你没必要对任何事情都做一番解释。"约瑟芬说，然后又窸窸窣窣地躺了下来。

我也学着她躺下，再次把自己蒙在被子里。我们躺了一会儿，我突然想问问她睡着了没有，但只听她窸窸窣窣地翻过身去。

"马尔特？"

"怎么了？"

"我也搞砸了。"她说，"与我们爸爸的关系搞砸了。他没有抛弃我。我说他抛弃了我，这不是真的。这么多年来，他一直试图与我保持联系，给我写信，给我打电话，给我寄生日礼物。但我却故意不搭理他，从他离开我们的那一刻起，我一直充满了仇恨，充满了爱和不合逻辑。"

16

老师的鼓励

第二天早上，生活和往常一样，照样按部就班地进行，吃早餐，去上学，一成不变。但我却不知道该怎么办。最后，当我坐在公交车上时，我才意识到我不能去那里，也就是不能去学校，那里的一切还和以前一样吗？

"这可不行。"我和约瑟芬刚坐下来，我就低声说道。

"什么不行？"她也压低声音问道。

本来我想坐在车门口的座位上，那里空间大一些，说话方便，可姐姐一定要带我坐在过道边上的座位上，现在车门口那里也没有空位子了，真讨厌，于是我们只好压低声音说话了

"我今天有数学课。"我看都没看我姐姐一眼就说道，"虽然不是泽尔胡森老师的课，但我们班的数学老

师舒尔茨总是和他谈论我的事。泽尔胡森老师一定已经告诉他发生了什么事，而舒尔茨一定会把我拉到一边，和我谈谈所发生的一切。"

"马尔特！"约瑟芬立即打断我的话说，"如果有什么让你感到难堪的事情，那就是你现在要面对的。"

我把背包从脚底下提起来，把手伸进去摸索我要找的东西。"你可是一直在逃课。"

"可你不能逃课！你明白吗？"

"哦，为什么是我明白而不是你明白？"

"因为……"这时，公交车突然猛地颠簸了一下，约瑟芬把准备好的话又咽了回去。但随后她吸了口气，摸了一下她上嘴唇的穿孔，然后说，"因为逃课是错误的，是一种懦弱的表现。我不希望你跟着我学，这样会把事情都搞砸。这不值得，你知道吗？如果你只是一味地逃避，那你就什么事情也做不好。目前的情况对你来说确实有点糟糕，你有来自老师和父母的压力，还有每个人都不喜欢你的压力。"

我看着她，想看看她说的是不是真心话。"我认为你逃课是因为你不喜欢某个脾气暴躁的老师和他所说的那些愚蠢的笑话。或者你不喜欢你们班上那些规规矩矩的女孩。"

"是互相不喜欢！"她轻描淡写地说。

公交车停了，一些乘客下去了，一些乘客上来了。

公交车继续前行，我们仍然坐在车里没动。

"你现在还在继续写你的诗。"我再次试探她，想看她说的是不是实话，"也许有一天你会因为你的诗而出名，然后你或许会告诉每个人，说你在年轻的时候就喜欢写诗而不是上学。"

"你这故事编得真不错！"约瑟芬冲我说道，"继续编，你就说这位才华横溢的诗人上高中时就辍学了，像她妈妈一样在邮局工作，因为她很早就看穿了那些骗人的教育制度。这样他们会给我拍电影的！"

"现在你看起来像爸爸！"我回话道。约瑟芬说："他说得也是对的！"我说："但你曾经说过……"她说："你闭嘴！"

然后我安静下来，公交车继续向前，它每往前行驶一站，离我们学校就近一些。现在我竟然看到我的同班同学了，瓦莱丽亚和马茨就坐在我们前面不远的座位上，约瑟芬依然坐在原地未动。因为车上的人少了，我们旁边的过道显得宽敞了许多，宽阔的过道使上学的恐慌爬上我的心头。

"我做不到。"当教学楼映入我的眼帘时，我低声说道。

"你能，你可以做得很好！"约瑟芬不痛不痒地说道。然后她从座位上站起来，戴上她连帽衫上的兜帽，背上自己的背包，说道："我也能。"

姐姐说得对：我一定能。

学校里的一切非常正常。当我站在马茨和菲利普的面前，他们似乎很高兴，尤其是因为我现在正在询问更多关于他们的过夜派对的事情，他们显得更加高兴了。

"我们一直打游戏打到夜里两点半。"马茨说。

然后他们开始聊起他们擅长的战斗，以及他们能够执行的新任务，因为菲利普以某种方式在网上下载了两个扩展包。我不知道这些，也不一定想知道。

"太酷啦！"我说，"我也想尽快玩一次。"他们两人露出惊讶的表情。

"难道你不需要为全国奥数巡回赛多做一些练习吗？"马茨问道。当他发现我挥挥手，似乎在说我对此没那么多兴趣时，他立即提出放学后让我再来找他一趟。

上课时间到了，很难相信一切都和往常一样在继续，好像什么事都没发生过似的。但我必须在走廊里补写一篇英语作文，这篇作文写得不是很差，但也不是很好，总体上还算说得过去。在关于价值观的课堂讨论中，杨森·魏兰德老师谈到了猪的社会行为，但没有人知道她在这方面的研究结果体现了哪些问题，我也回答不上来。只有在舒尔茨的数学课上，我的心才平静下来。接下来是课间休息时间，休息时间很无聊，因为一直都在下雨，我们一直待在教室里。我们就待在桌子

旁，吃点面包，聊天，打盹儿。

直到中午我才在学校门口给家里打了个电话，告诉他们放学后我要到菲利普家去，只有这样，我所有的压力才能得到释放。但妈妈不同意。

"今天家里来了一个电话。"她说，"一开始我担心，我认为一定又是与约瑟芬有关的电话，但当我看到是学校的电话号码时，才知道与她无关。是泽尔胡森老师打来的电话，他说他下午会再次给你打电话过来，他想亲自跟你谈谈。"

我的脑袋一下子就蒙了。我要不要给泽尔胡森老师打个电话？不！然后妈妈又说："你昨天在数学俱乐部上的表现让我们感到有些不安，为此我和你爸爸想跟你再谈谈这件事情，就在今天。"

"但马茨和菲利普正站在我旁边等着呢！"我又试着说了一下去菲利普家里的事。

"下次再说吧！"妈妈说。电话差不多就这样结束了。

"真可惜！"菲利普说。我不必再解释什么了，马茨说那就下次吧！到时，我们可以谈谈三人组的问题了。

然后我们走到公交车站，相互说了再见。他们俩一起过了马路，我留在原地没动。

我遇到了约瑟芬，她已经站在停车标志牌的旁边了，她戴着连帽衫的兜帽，听着音乐。

"嘿，我看到你一直坚持到最后。"她一边说，一边从耳朵里取下一只蓝牙耳机。

"是的，你也是，难道不是吗？"

"你看看你。"她咧嘴一笑说，"你知道我站在这里等你，忍受着等人的折磨和痛苦，不是吗？"

"别装模作样了！"我尽量咧嘴笑着说，"我希望你的演技已成功掩盖了你真正想要掩盖的东西。"

然后，我们要乘坐的公交车从拐角处驶来，当它行驶到马茨、菲利普和我们之间，慢慢停到路边的时候，我再次向司机挥了挥手。

"还是回里普肯疯人院① 去吗？"约瑟芬问道。

"当然。"我一边回答，一边从后门上了车，车门像往常一样刺啦一声关上了。

我这辈子还从来没跟老师通过电话，当妈妈叫我，并把客厅的电话拿到楼梯口递给我时，我的嘴巴干得要命，几乎无法跟人打招呼。

"马尔特！"泽尔胡森老师说，"你好吗？"

我快步走进我的房间，随手关上了房门。尽管如此，当我尽可能天真地回答"好"时，我感觉整座房子都在听我讲电话。

"你妈妈有没有告诉你，我今天要给你打电话？"

---

① 约瑟芬对她爸爸家的一个比喻。——译者注

"嗯嗯。"我含糊地说道。

"我认为，你应该再考虑一下参加全国奥数巡回赛的事。"

妈妈已经告诉过我了，但我仍然没有改变主意。谁知道泽尔胡森老师还向妈妈说了什么？

他等了一会儿，我没有说话，他继续说道："你妈妈告诉我，你在家里遇到了一些麻烦。"

我坐在床沿上。一些麻烦。

你也把我遇到的事说成一些麻烦。

"一个人遇到一点挫折，是不足为奇的。"泽尔胡森老师接着说，"后来你生病了，错过了一点点课程，这没什么。"

我只是保持沉默，什么也不说。

"但这并不意味着你应该认输。"

我仍然沉默。

"马尔特，你一定不会认输的，所有的事情，你都会做到的。我也会支持你的，我保证！"

我继续保持沉默。

"你还在听吗？"泽尔胡森老师问道。

"嗯嗯，在听。"

"好。我们最好马上把问题解决了。明天放学以后咱们谈谈，怎么样？"

我深吸一口气，但没有回答他。

"好不好，马尔特？"

我嘴上回答说好，但我心里说我不愿意，我不想再学奥数了。

泽尔胡森老师沉默了一会儿，然后问道："你真的想明白了？"

"嗯嗯……想明白就好。"他又清了清嗓子说，"那我现在就让你一个人待着了，好吗？"

"好吧。再见。"

"再见，马尔特。"

然后我们挂断了电话，先是他，接着是我。我把电话放在了我身边的床上。过了五分钟，我仍然觉得房子里的所有墙壁和角落都在倾听我的一举一动。

直到晚饭后，爸爸妈妈才不再问我任何问题，让我安静了下来，当我想再次溜走时，被爸爸抓住了，我的心开始狂跳起来。

"你是知道的。"他像一堵墙似的站在我面前说道，"妈妈和我很想再和你谈谈全国奥数巡回赛的事。"

"不用谈了。"我很快说道，"我已经告诉泽尔胡森老师我不想参加了。妈妈昨天也说了，没人逼我，全看我愿不愿意。"

爸爸微微弯下腰。随后说道："当然没人逼你。参加这场比赛完全是自愿的。"

"但是?"

"马尔特!"爸爸再次挺直了腰板,然后说道,"几个月以来,大家都在为了这次全国奥数巡回赛忙活。你有一个梦想……一个伟大的梦想。你想进入青年奥林匹克数学训练班。你不记得了吗?你不想进入青年班了吗?"

我抿了抿嘴唇。

"你的决定难道与我和你妈妈无关吗?"爸爸继续说道,"还有,你的决定难道与我们家里发生的一切无关吗?"

"无关。"我有意这样回答,气气他们,并试图悄悄从他身边溜过去,但爸爸向前迈了一步,紧紧地挨着我。

"你能不能不要逃避,好好和我们谈论一下这件事?"妈妈突然插话道,"我觉得,你对我们昨天谈话的内容,不必过于在意。"

"你们是不是真的有点傻啊?"有个声音从桌子的另一头传过来,是约瑟芬,她仍然坐在那里吃东西,"你们真的认为马尔特生活中的一切都与你们有关吗?"

一直盯着我的爸爸,把目光转移到了她身上,我现在可以躲开爸爸了,但我却走向了我的姐姐。

她用叉子在橄榄罐里四处戳了几下,找到了她要找的东西,然后用牙齿把橄榄咬下来,张嘴咀嚼着。"如果你们早一点开始像正常人一样与他交谈的话，你们或许还可能知道他的生活中除了数学和疯狂的父母之外，还有别的事情。"她停了一下，然后又接着说道，"比如女孩。"

"女孩?!"爸爸重复着说道，"这是……真的吗？马尔特！难道这一切都是因为一个女孩？是因为一体化综合学校里那些好看的女孩吗？或者是其中的一个？是来自数学俱乐部的，还是你们班上的？我到底错过了什么，才导致这样的情况出现？"

"这不可能是真的!"妈妈目瞪口呆地看着我。约瑟芬却开始大笑起来。

"唉！安佳，你的小马尔特几乎和他爸爸一样对女孩充满热情。无论好坏，你都得接受。"

当我听到约瑟芬的这些话时，我试图再次逃跑。这一次我竟然成功了，他们不再阻止我了。当我逃到楼梯口时，"对女孩充满热情，对女孩充满热情，对女孩充满热情……"依然在我耳边响起。

其实我真的只对一个女孩充满热情。

那就是拉勒，就是她在困扰着我，但拉勒并没有对我做任何不合情理的事。正相反，她只是想帮助我，她认为在这次全国奥数巡回赛中我们不是竞争关系，可我却没把她放在眼里。

我想知道，为什么当你是一个正常人的时候，你

身上会有那么多的缺点，为什么你总是会犯错误，会控制不住自己去伤害对你最重要的人。还有，你为什么不告诉她你的真实想法，比如你有多喜欢她，趁现在还来得及。

17

同学的帮助

接下来的日子里，每个人都不再找我的事了，于是我也平静了下来。学校照常开门上课，就像学校专门为上课而存在似的。周末到了，这个周末安静得就像在墓地里一样。妈妈坐在她的书房里做她的翻译工作，约瑟芬安静地待在地下室里，最多也只是放一些非常舒缓的音乐，爸爸去练习网球了。

家里的电话铃声没有响起，说明什么事情也没有发生，那些老是抱怨自己无法从新闻中解脱出来的人，应该明白这一点，无事发生就是无事发生。甚至连马茨和菲利普也没有给我打电话，马茨可能是因为有一场足球赛，不能打电话；菲利普星期四时已经在学校里说了，说他在家里很紧张，他妈妈已经注意到他正在下载他不应该下载的东西，现在他必须要小心一点了，所以也不能打电话了。

那么我也应该出去走走了，因为这几天的天气特别好，我骑自行车出去了两次。星期五，我在兰德威尔转了转，那里到处都开着小白花，灌木<u>丛</u>也长出了嫩芽。今天，我已经穿过了整座城市，但觉得一点也没过瘾。于是，我又骑上自行车，穿过了一条条街道，路过我出生的医院，触景生情，我想起我还是小婴儿时，就摧毁了一个家庭。我还路过了空无一人的一体化综合学校，它安静地矗立在刚刚被雨水冲洗过的混凝土场地上，在早春阳光的照耀下闪着微光。

这所校园是可以自由出入的。我跳上自行车，马上又跳了下来，我站在那里，心里想象着拉勒和朋友们休息时所待的地方，站在遮阳棚下或者坐在木凳上；透过窗户看教室，也许里面还有她的身影；再看看她进行排球训练的体育馆。我试图从这些地方的某种东西上感知她的存在，但她没有出现在这些地方。在我的脑海里，她的身影似乎比任何一个人的身影离我都远。没办法，我又跳上了自行车，继续前行，绕了一个弯去了超市，在那里买了一瓶派对伴侣[①]和一袋薯条，但我不想独自坐在某个地方把它们吃下去，便带回了家。

---

① 原文为 Club Mate，是一种以马黛茶为主要原料的饮品，是每个柏林青年夜晚活动的必备品，被认为是"天然能量饮料"，含有丰富的天然咖啡因。——译者注

"我回来了——啊!"我喊道,然后把头盔放在架子上。当我快要走上楼梯时,我注意到走廊里有一双鞋子不属于我们家里人。这样一双又大又破的运动鞋,在我的印象里,只有一个人会穿,而且那个人我认识。紧接着我就听到那个人从地下室的楼梯走上来说:"你好,马尔特。"

科里亚不请自来地进入了我家,我想知道为什么,还想知道他为什么会出现在约瑟芬的房间里。从某种程度上来说,这肯定是他最想去的地方,我也知道他现在想干什么。

"你这是怎么回事?"当他坐在我写字桌前的转椅上,并顺手打开了我的电脑时,我问道。

"你对客人真的很友好。"科里亚坐在转椅上转向我说,"最好再给我一些你的油煎土豆片。"

我突然意识到,这是一种伎俩,是最令人讨厌的伎俩之一,这个伎俩比打固定电话或在校园里询问我更直接,也就是说,他假装要来找我玩,然后通过这种方式直接接触到我的姐姐。耍这种伎俩的人竟是我眼前的这位朋友科里亚。我把一瓶派对伴侣和一袋薯条放在床上,指着门说:"你可以告诉约瑟芬,我现在不欢迎你来。让我们看看,她是否还会让你接近她。"

科里亚甚至没有起身要走的意思。他只是将转椅转回写字桌,并打开了网页。

"因为她对你没有任何兴趣。"我生气地补充道，"如果你还没听懂的话……"

"我听懂了。"科里亚一边不停地点击着网页，一边回答我说，"上周她在学校里告诉我了，说我们之间完全不可能。于是我放弃了。你满意了吗？"

关于喜欢还是不喜欢，他们已经说清楚了。眼下我还有什么话可说呢？

而对科里亚来说，结果是她不喜欢他，他输了，所以看起来垂头丧气。有那么一会儿，我真的为他感到难过。可我又起了疑心，问道："那你刚才为什么和她在一起？"

科里亚又转向我。"因为她主动提出要我在她的房间里等你。虽然她对我没有丝毫兴趣，但这并这不意味着我们不能聊天，你不同意吗？"

"我……"我再一次不知道说些什么才好。

"好伙计，马尔特！"科里亚抱怨道，"我不是来找她的，你明白吗？我是来和你一起学数学的。"

"但是……为什么？"

"为什么？"他模仿我的语气说，"因为我觉得你现在需要我的帮助。难道你自己也相信，你再也不想参加全国奥数巡回赛了吗？反正我不信。你迟早会改变主意的，所以我们开始吧！我不像你那么有数学头脑，但我也没那么笨，至少我上数学课的时间比你长几年。"

"科里亚，我……"我像是被人遥控了一样，抓起薯片袋子，然后撕开，递给了他，"我是说，你怎么来了？最终是……为了我？当你想得到约瑟芬的关注时，我也没有帮上你什么忙。"

科里亚把手伸进薯片袋子里，抓了一把薯片塞进嘴里，然后再次把手放在鼠标上，另一只手放在键盘上，一边咀嚼着薯片，一边说："别胡言乱语了，马尔特，我们开始吧！我还是必须向你郑重声明一下！即使我们两个在这段时间里有点疏远了，但我们还是朋友，对吗？"

这些天发生的事情真是令人捉摸不透，真的有时候变成了假的，假的有时候变成了真的，或许最不合逻辑的事情就是逻辑突然又起作用了。至少当科里亚坐在我旁边的时候，我认为科里亚是我的朋友。每当他向我说点什么，或当我试图向他说点什么时，我们都会认真地倾听对方。当我们一起在我最喜欢的数学网站上观看课程时，当我们在一起做家庭作业，突然找到解决思路时，他都赞同我，我们还是好朋友。

"但这并不意味着我要参加全国奥数巡回赛。"我突然说。科里亚紧接着说："唉！你只是说说而已吧！"我说："我是认真的。"他说："先不说这个了，现在继续。"然后我们继续学，再然后，一切都以如此不合逻

辑的方式再次符合了逻辑。

但事情的发展也许就是这个样子，它就像一个人一样，有时或许会让别人感到陌生。傍晚时分，我和科里亚走下楼梯，科里亚想和约瑟芬道个别。于是他继续往地下室走去，我能听到他敲门的声音，也能听到他转动门把手的声音，但很快就安静了，片刻之后他又踉踉跄跄地走上楼来。

"她不在房间里。"

"哦。"我耸了耸肩，然后冲妈妈的书房喊道，"约瑟芬呢？"

"她和你爸爸一起吃寿司去了！"有声音从书房里传来，"他们不想打扰你。我这里还很忙，你自己弄点吃的吧，好吗？"对科里亚来说，妈妈的这些话可能只代表一次平常的家庭安排，但对我来说，我立刻意识到这是某种奇迹。

"那就代我向她问好。"科里亚一边说，一边蹲下来穿上他的运动鞋。

"我会的。"我保证道，我确实是真心的。

"明天下午我还能来你这里吗？"他站起来说道。

"好的，没问题。"

"还是学切线函数，行吗？"

"行，然后学体积问题。"

科里亚咧嘴一笑，消失在门外，只剩下我一个人待在了那里。

有那么一会儿，我傻傻地站在那里，想象着我爸爸和我姐姐坐在一家寿司店里的场景，可能一开始他们会有点不自然，然后他们开始点菜，他们会在等菜的间隙开始对话。起初，他们只谈论些不重要的事情，但不知什么时候，约瑟芬抛出了一句话，爸爸没有打断她的话，然后她就一句接一句地说个没完了。我能够在自己的眼前想象这些场景，她是如何把一个个带有悲伤、愤怒和期待的句子噼里啪啦地说出来的，所有这些句子她从未对别人说过，但她心里恐怕已经说了千百万次了。也可以说，我仿佛就坐在他们旁边的一张桌子前，向他们偷偷看去，假装拿起一点东西吃，如果他们说的内容与我无关，我就不听好了。我现在被冷落了，这让我心里感觉很奇怪，但没关系，因为这么多年来，爸爸只是我一个人的爸爸，而约瑟芬被排除在外……或者说她把她自己排除在外，总之她没有爸爸。但事实上，她也可以和我一样拥有一个爸爸。

真的很奇怪，因为我眼前不仅看到了他们两人，还看到了约瑟芬的妈妈在她凌乱的病房里，手里拿着一个挂着茶包的杯子，另一只手拿着头巾，音响里播放着吵闹的音乐。我甚至还看到了我的妈妈，她像平时一样，坐在桌前看她的译稿，但她仍然可能会不时想起，当她怀孕时，爸爸一开始不想要我，要放弃我，那时的她有

多难。现在我不再生任何人的气了，我的喉咙也没那么疼了，我只是觉得事情有些复杂，我想到，如果人们彼此能够坦诚相待，就能成为朋友。科里亚再次出现在我的脑海中，我们是不是朋友，现在还不太清楚，不过将来我们也许会成为比以往任何时候都要好的好朋友，就像我今晚比以往任何时候都更喜欢数学一样。

然后我感觉有些饿了，因为我脑海里摆在桌上的寿司不是给我吃的，而是给我姐姐吃的，于是我走进厨房，拿了几片面包，抹上一些番茄酱。它们也很好吃！

18

决定参赛

"马尔特!"泽尔胡森老师一边走出教职工办公室,一边神情惊讶地喊道。他看起来很高兴,甚至还有些激动,这是一个很好的兆头。他问,"我能为你做点什么吗?"

我回头看了一眼陪伴我的马茨和菲利普,他们俩现在像两个保镖似的站在我旁边,然后我看着泽尔胡森老师的脸说:"我决定去参加比赛了。"

他甚至花了一两秒钟,不,两三秒钟的时间才反应过来,他看起来真的很高兴,笑得合不拢嘴,然后他说:"现在我放心了!"我认为这是一件小事,但他竟然把我抱在怀里,他的右手还因激动而不停地哆嗦。

"但是。"我说道,我把自己抱住他的手又一次放了下来。

"但是什么?"

我想把视线移开，我不想被他抱着，我想转过身去，带着马茨和菲利普逃跑，然而我不得不强迫自己，站在他的目光之下。"我不想再去数学俱乐部了。科里亚可以帮我一起练习。"

泽尔胡森老师的笑容消退了一些，但并没有完全消失。

"这样我可以更好地集中精力。"我很快补充说道。

现在他的笑容又变大了，几乎变成了咧嘴大笑。"我懂。"他说道。

他没有详细说明他懂了什么，但我仍然觉得我的脸红了。

"幸好我还没有撤回你的参赛申请。"他说。然后他摸了摸耳朵，没有再说话，我一时不知道他这是谈话结束的意思，还是没结束的意思。

"好，那就好……"我喃喃道，并且想趁此机会转过身去逃跑，但他居然用胳臂肘碰了碰我的胳膊。

"你现在有我的电话号码了。"他说道，"如果你有任何问题，不要害怕，随时可以打电话过来。我知道你不需要什么指导，一个人就可以很好地完成作业。但以防万一。我一直都是这样：随时待命！我说得对吗？"

这时，突然之间，我觉得他又是我的泽尔胡森老师了，但同时也是拉勒、科里亚、皮亚、格雷戈尔、小陈和莱奥妮的泽尔胡森老师，因为他关心、喜欢数学，他也喜欢我们这些同样喜欢数学的人。

"谢谢!"我说。他回答:"我也谢谢你!"我们之间的谈话就这样结束了。

"咱们还去自助餐厅吗?"菲利普问道。于是我们向自助餐厅跑去,主要是为了到那里休息一下,以便从上弗林斯先生的地理课的痛苦中解脱出来。

"本来我想告诉你们,我们可以在接下来的几天到我家去。"马茨在我们匆匆走下自助餐厅的楼梯时说,"只要我们不整天打游戏,我父母就非常欢迎你们一起来。但如果你到时候必须要继续做数学题的话,马尔特……"

"好吧!我不学就是了。"我回答得比我想象中还要快,即使在我推开自助餐厅的玻璃门,思考了三分钟之后,我还是觉得我的回答是正确的。去与不去,我少上或多上一下午课,真的没什么影响。因为,数学课对我来说是件重要的事,但不是我的全部。毕竟,我与马茨和菲利普在一起也是一件重要的事。要是和科里亚在一起,不仅可以学习,还可以聊聊天什么的。或者说,只要姐姐一直在我们家住着,哪怕和她一起坐着也挺好的。

我在人群中四处张望,看看约瑟芬在不在,我脑中已经在想她会不会又逃课了,尽管她曾向我保证,说就算我让她逃课,她也不会再逃课了。果不其然,我在一张桌子后面发现了她,就是紧靠窗户的那张桌子,她正

在和几个十年级的女生交谈。好啊！从穿着打扮来看，她好像不是这个小团体里的人，这个小团体的人在穿着打扮方面特别讲究。另外，她也不是一个擅长控制聊天节奏的人。但至少她没有把耳机塞进耳朵里听音乐，也没有把连帽衫的兜帽戴在头上，甚至也没有把她那杀手般的目光投放出来，而是时而说些什么，时而向窗外望去。当我看着她，向她招手时，她注意到了我，也向我挥挥手。

然后，我在自助取餐台前发现了科里亚。他站在一个女孩身后，那女孩半对着他，不知道在笑什么。有那么一会儿，我真想上前跟他打个招呼，但后来我没有过去。这不仅是因为他不想和学校里的七年级学生有任何接触，还因为那个女孩看他的眼神闪闪发光。现在她又被他说的一句话给逗笑了，要是我现在过去，把自己推到他们两个之间，不是有点不合时宜嘛！到下午的时候，我可以问问他那个女生是谁，他是不是喜欢她。

"就这么说定了。"我对马茨说道，然后再次转向马茨和菲利普，"哪天见面，听你们俩的。"

中午了，我匆匆往公交车站赶去。远远看到拉勒正在过马路，如果她是从一体化综合学校去数学俱乐部的话，我真的不需要跟她见面。

为了不让她看见我，我加快步伐，不左顾右盼，最后慢跑起来，居然赶上了比平时早一班的公交车。回避拉勒的整个过程，使我觉得很紧张，而当我气喘吁吁地站在拥挤的公交车上时，我又不得不在汽车转弯产生的向心力的晃动下，使自己保持平衡。车内暖气散发出的热气让我疯狂出汗，这时我的脑海里闪过一个念头，对我和拉勒的关系，我想我该做点什么了。虽然我现在可以远离数学俱乐部，避开拉勒，但我早晚会在奥数巡回赛中见到她，因为我们会和泽尔胡森老师一起去赛场，一起度过整整一天。如果我不和她一起去赛场，那能行得通吗？

是的，行不通。如果我要和她一起去赛场，我就得向她解释，说我觉得我说过的话很愚蠢，让她别介意。我能做得到吗？

要不然，是不是说"对不起，我不是那个意思"更合适？有一个人在决定性的时刻很不幸地按照事物发展的规律，以听起来很正确的方式表达了自己的意愿，可后来又意识到这是一个错误的表达方式，并认识到要为这种错误的做法做出补偿。如果说这不是一个笑话，那又是什么呢？

"你没事吧？"突然有人在我背后问道。我转身时差点失去了平衡，但随后我看到约瑟芬从一个胖男人和一个瘦女人之间奋力地向我挤过来。

"原来你已经在公交车上了。"我说道。

"你才察觉到啊！"她轻轻推了我一下，我差点没站稳。

"你今天中午匆匆忙忙的，你这是干什么去？"

"我没有匆匆忙忙的。"她靠着公交车的铰接处说道，"但当我看到我的小弟弟像一头小猪似的从学校跑出来时，我就想知道是怎么回事。"

"你是跟着我跑过来的？"

"一次非常出色的跟踪。"她幸灾乐祸地笑着说道，"只是，我的体力比你好，跑在了你的前面。你就招了吧！你在逃避什么？好像有人在后面攻击你似的，上个星期在学校一切还顺利吗？"

"是的，当然，只是……"我看到那个瘦女人从约瑟芬肩膀后面露出半个脑袋，在偷偷看我们，于是压低了声音说道，"今天是星期一。拉勒随时都会出现在这里，为了避开她，我才跑的。"

约瑟芬叹了口气说："你还是没弄明白你们俩之间发生了什么事？"

"一直都没弄明白是怎么回事。"我心里有一种蚂蚁爬过似的麻酥酥的感觉，好像有什么东西让我感到兴奋似的，"我不知道该怎么描述。"

"这么说，你连试都没试？"约瑟芬困惑地闭上了眼睛，然后好像是向我和车上所有感兴趣的听众宣布似的说道，"噢，马尔特·里普肯！有时候你真的是个愚蠢的小男孩。"

后来，我在骑车去科里亚家之前，给拉勒发了一条短信。我回到家之后，又发了一条：对不起，我不应该那么说话，顺便说一句，我还是要去参加全国奥数巡回赛的。

她没有回复。

"我的天！"这是约瑟芬知道后的反应。接着她从沙发床上坐起来，把我的手机抢了过去。

"你要干什么？"

她不理我，我看到她的大拇指不停在屏幕上滑过，找出了我的信息记录。

"嘿！"我想阻止她。

她只是转过身去，用胳臂肘推开我。当我拿回手机时，她已经发了两条消息了。

你好，我是约瑟芬，马尔特的姐姐。他真的，真的很抱歉，他只是不知道该怎样表达才好。

（男孩嘛！）你是知道的，他喜欢你，但这件事情使他感到非常不好意思，这就是为什么发生了不应该发生的情况。

"你都做了些什么?！"我对她大喊大叫。

几分钟后，一条短信随着蜂鸣声传过来。

"我说让她一定要接受你的道歉。"约瑟芬回答道。我想拿回我的手机，但她不给我机会，不过她至少还给了我读一读那条短信的机会。

拉勒：你好，约瑟芬。其实我本来也是很喜欢他的，这也许就是问题所在。否则，我不会在乎他把我当成白痴看待的行为。

约瑟芬：是的，那件事情也让我很生气，但如果你知道我们家里发生了什么事，你可能会理解他为什么最近总是那样发狂。

拉勒：哦！我认为他需要改变自己……

约瑟芬：对，而且我看最重要的是他需要让自己变得更好。也许有一天他会亲自向你解释的。

然后她非常郑重地把手机还给了我。

"你再也不会拿到它了！"我大叫着赶紧关上了WhatsApp。其实，我一点也不生约瑟芬的气。正相反，我还要感激她让拉勒接受我的道歉，她还引导拉勒说出了喜欢我……其实拉勒本来就喜欢我。此外，约瑟芬还写道：我们家里。

"马尔特，约瑟芬，该吃晚饭了！"妈妈的声音断断续续地从楼上传来，现在我们四个人似乎真的变得和平相处了。

"知道啦！"我说，突然间我觉得特别饿。

19

姐姐教我写诗

在不久的将来，一切都会变得正常。例如现在，我再也不时刻感觉自己像个私生子了，接着我想起了拉勒。我想象着我们在室外聊天的情景，周围发生的一切似乎都与我们俩无关。我想象着在阳光明媚的春天，我与她一起旅行；我想象着我们在旅途中偶然碰上，并相互交谈，我们谈论许多事情，不仅是数学，我们有许多话要对彼此说，因为我们互相喜欢。然后我睡着了，当我醒来的时候，我想象中的画面在脑海中停留了一会儿，直到我睁开眼睛，我才意识到新的一天开始了。

现在，我还会与科里亚定期见面，在一起解决一些奥数难题。对啦！我还帮他在 WhatsApp 上约了亨丽埃特一起出去玩。

马茨、菲利普与我的关系也变得正常起来，我几乎可以肯定地说，我们已经是朋友了。有一次我们在马茨

家踢足球、看视频，还惹他讨厌的小妹妹生气了。我们打算在全国奥数巡回赛结束后去我家过周末，但菲利普说我们可以到他家去，他妈妈一定会平静下来的。

至于爸爸，几乎和往常没什么两样。你不能总是一直想着他伤害别人的事，若是那样，未免太累了。主要还是因为爸爸现在不再那么不着调了，晚饭的时候他问我竞赛准备得怎么样，并对约瑟芬说他很高兴学校并没有难为她，她可以凭借自己的智慧拿下她的高中文凭。我再次对爸爸产生好感，也许是因为约瑟芬告诉我，他在她十岁生日时送了她一对银色的耳钉。尽管她从未为此感谢过爸爸，但她穿第一个耳洞就是为了记住他。这件事使我认识到，爸爸当时也已经尽力了。

说到约瑟芬，全家唯一一个生活没有回到正轨的人，就是我这个姐姐了，她一直有尽快离开我们的想法。其实妈妈也似乎已经习惯了她，不管怎样，在约瑟芬离开之前的日子里，妈妈一直在尽量与她亲近，还会问她要不要一起逛街。

"好好好，去逛街。"约瑟芬有点犹豫地说道，但身体却一点也没动。半小时后，她和妈妈两个人都不见了，把我一个人留在了家里。

一开始我不知道该做点什么。后来，我站在厨房的窗户前，向外看了一会儿，发现妈妈停在外面的车子不见了。我突然想到，如果约瑟芬跟妈妈一起出去逛街了，我可以趁此机会跟梅兰妮打个电话，可是我没有她的电话号码。于是我赶紧给约瑟芬打电话，并小声告诉她，让她帮我联系上梅兰妮。约瑟芬照做了。然后我和梅兰妮取得了联系。我问梅兰妮过得怎么样，各方面是不是都挺好。

她回短信说：你真可爱，很高兴收到你的短信！我正在为去那个世界做准备，就是遥远的另一个世界，以前的一个世界。在那个世界里，我不是一个病人，而是一个平凡健康的女人，过着平凡的生活。当然，我也很期待见到我的女儿。另外，你挺好的吗？我有时候常常问我自己，我是不是还没有告诉你更多的细节。也许事后你会后悔向我问那些问题。

这时，一个小孩从厨房窗户前的人行道上走过去，他太小了，小到我真的无法想象自己也曾经是一个用乐高积木建造房子的小孩，人们只对他说无害的、安慰的话，从不说实话。时间过得真快，也许几年前的今天，我就像那个小孩一样走来走去！

别胡思乱想！能与您见面，我感到很高兴。我一切都好。

一切都好。我只不过是那么一说，但现实生活中，确实一切都挺好的。"好"并不意味着万事如意，只是说现实生活中的事情在有序进行而已。生活就像在环球马戏团的钢丝绳上跳舞一样，它有时会让你摇摇晃晃，

有时会让你在保持平衡时一不小心摔下去，擦伤膝盖。然而，当你再次爬起来，你可能正站在一片玫瑰花中间，有人不知从什么地方向你扔过来一个"梦想之球"。

这样漫无边际地想了一通现实生活中的现象之后，我突然意识到——我和梅兰妮发完短信之后，我该做什么呢？

约瑟芬走进房间时，穿着一件我没见过的超大号牛仔夹克，衣服背面还绣着一只蜜蜂，可能是件二手货。

"怎么了？"她一边说，一边把背包扔到沙发床上，"你在我的地下洞穴里做什么？你想变得更强壮一些？"

"我需要你的帮助。"我一边叹了口气，一边放下妈妈使用的哑铃，刚才我用它们打发时间来着。然后我看着她从背包里一件接一件地拿出她买的衣服，有 T 恤衫、毛衣、针织保暖腕套，还有一条围巾。

"帮你什么？"

"教我写诗。"

"哇！"约瑟芬的目光从她那一堆乱七八糟的衣服上移开，抬起头来看着我说。

"不要哇！"我又叹了口气说，"我知道这个想法可能十分愚蠢。"

"我不这么认为。你可以做到，甚至可以做得非常好。"

"你怎么知道我能做到？"我烦躁地问道。

这场对话之前，我在我的笔记本上写了整整一个小时，而我所写的一切，在我自己看来完全是一个笨蛋的作品。

她无动于衷地耸了耸肩。

"你能举重，也能写诗。"她回答道。

我盯着她看。

"这是真的，真的不错，斯佩希特夫人！"

她继续折腾她的衣服，把一件黄色的 T 恤衫放在胸前比画着，那上面还绣着一条五颜六色的鱼，她举着它看着镜子里的自己。

"你怎么会知道这几句话？"我问道。

"从一个废纸团里知道的！"约瑟芬轻声细语地说道。然后她拿起另一件印有白色方块图案的黑色 T 恤衫，转向我问道："你觉得我应该把这件衣服的袖子剪掉吗？"

"呃，什么？"我问道。尽管我开始意识到剪袖子和写诗的联系，但我还是不明白，于是我又问道："为什么剪掉袖子？"

约瑟芬没有直接回答我的问题，反而说道："你的坚强让你的一切，变得更加粗犷。"然后又补充说："哦，不，你把它'剪掉'了，不是吗？"

我第三次叹了口气。"够了。"我说，"你现在帮帮

我行吗？这对我很重要。"

约瑟芬做了一个严肃的表情，然后说道："一首诗永远是一个人自己的内心写照。你听懂了吗，小不点？总是这样，尤其当一首诗对你来说很重要的时候。如果我对你有帮助的话，你可以在这里先写出来，我再帮你'剪裁'。"

"你应该把袖子留下来。"我回答道，"对称的正方形图案一直排列到磨损的袖口边，这样真的很漂亮！"我从哑铃旁边拿起我的笔记本，把它放在约瑟芬沙发床上的一堆衣服旁边。

生活就像走钢丝，日复一日、年复一年，不停地往前走着。我给泽尔胡森老师打了个电话，因为我和科里亚被计算金字塔体积的难题困住了。但实际上，泽尔胡森老师只提示了三个字，我就知道该怎么在电脑上找到解决方案了。他又说我心态很好，全国奥数巡回赛可能不像一次轻松的散步，但对我来说绝对是一次非常愉快的徒步旅行。

有一天，爸爸让我陪他去网球馆打球，我们一起打了一会儿。他打得挺好，不知为什么我很不在状态，就去喝了一杯可乐。爸爸告诉我，他很高兴有我，我们是这个家庭中的两个男人，没有我他根本没有办法和那两个女人对抗。

"是三个女人。"我纠正他说。因为当一个成年人如此不精确地表达时，我仍然会感到有点头疼。

"对……三个女人。"爸爸懊悔地说道，"更重要的是我们两个要团结在一起。"

我向他保证我会的。

有一天晚上，妈妈坐在我的床边上，问我是否还好，是否决定参加全国奥数巡回赛，还问我是否需要多考虑一下约瑟芬说的那个女孩，要和她多谈谈心，问她是不是一体化综合学校的数学天才。我回答："是的，是的，这不关你的事。但是又与你有点关系。"妈妈笑了。

"听起来不错。"她说。我突然渴望她能把我抱在怀里。

于是我主动拥抱了妈妈，她把我紧紧抱在怀里，左右摇晃着，这感觉有点像我小时候，像我还和乐高积木一样大的时候，又有点像我已经长大了，她说："我的天哪，马尔特，你长大了。"

这些天里，不是这件事就是那件事，总是出事，但所有发生的事情最终都集中在两件事上，它们就像一条直线上两个相距很近的点一样，一个是分手，一个是重逢，不知道这两个我更害怕哪一个。

20

姐姐离开了

　　整个下午都没见约瑟芬的人影，她不见了，她离开这里了，她什么都没说，不知到哪里去了。记得前天晚饭前我为她开门时，发现她的下嘴唇和下巴之间多了一个新的穿孔，穿孔周围的皮肤红红的，她的眼睛几乎像两个小 LED 灯泡一样亮。

　　"你一定要这样做吗？"爸爸差点把盛得满满的一盘子饭从厨房扔到客厅里。

　　"必须要这样做。"约瑟芬一边把牛仔夹克挂在钩子上一边说，"克里斯蒂安，你不喜欢我这样做是吗？"

　　客厅里充斥着吵嚷的声音。"嗯，是的。"爸爸喊道，"你已经快成为一个让人难以忍受的人了，我的真实感觉就是这样。"

　　"还好，幸亏我没有把老师写的评语交给你，而是交给了梅兰妮，否则还不知道你会说些什么呢！"约瑟芬冷冷地回答。

就在这时，妈妈端着茶壶出现在走廊里，看着约瑟芬叹了口气。"你长着一张这么漂亮的脸，"她说道，"为什么要在脸上穿那个东西呢？"

"因为我不在乎表面上的漂亮，安佳。"约瑟芬跟着她进了客厅，我决定也跟着她走进客厅。

"什么？"爸爸喊道，一屁股坐在了桌子旁，"你是不是想让自己看上去很危险？"

"不是。"她一屁股坐在对面的椅子上，轻轻地触摸着她的穿孔，然后用舌头从里向外顶了顶，"这可以使我记住一些必须记住的事情。"

客厅里一时安静下来了。然后妈妈和我也坐了下来，爸爸想知道她这话是什么意思。

约瑟芬伸过手去，从桌子上拿了一个西红柿。

"好吧，我告诉你们，听好了。我为了要记住某个人，或者某件事，当然要看情况，该记住什么，就记住什么。"

她的话让我产生了一个新的想法。最近一些时候，A 有时跟着 B 走，走了一阵子后，还会继续跟着 B 走。

"那么，这个穿孔让你记住了谁？"爸爸追问道。

"你很好奇，是吧！"她咬了一口西红柿，咀嚼着，吞咽着，"这个穿孔能让我记住眼前的弟弟。"

她的话像闪电一样在我理性的脑海中闪过。

我从沉思中睁开眼睛看看她，她向我眨眨眼，笑笑。

"相信我，马尔特，我已经设置好了穿孔机，能在正确的地方进行穿孔。"她说，"主要是考虑上下左右的对称性，还有其他什么的。"

"谢谢。"我低声说道。不知出于什么原因，大家都笑了。

"我认为，你应该用其他的记忆方法。"爸爸说，"但按照你的意愿去做吧！你能把面包筐递给我吗，马尔特？"

这一次要笑的一定是我了。"好的，爸爸。"在我把面包筐递给他之前，我先为自己拿了一片面包，说道，"对于约瑟芬的记忆方法问题，这是你自己的过错造成的。"

"你是说你爸爸？"妈妈问我。

但我没有向她解释这件事情。爸爸也没有。

如果一个成年人不明白，想要记住一个对你很重要的人，可以从穿两个银耳钉大小的孔开始，这显然不是我的问题。

第二天的早上是星期五，因为约瑟芬已经走了，所以没有人和我一起去上学了。

但我还得去上学。

"这太残酷了吧！"我对爸爸说。他刚从车库出来，把约瑟芬的手拉行李箱放进了车子的后备厢里。我问道："我就不能把她找回来吗？"

"听说过义务教育吗？"爸爸一边回答我，一边斜眼看着他从衣橱里找到的所有约瑟芬的鞋子，并把它们通通塞进了后备厢的黄麻袋里。

"你可以打电话给我请个病假。"我建议道，"就说我心绞痛复发之类的话。"他摇了摇头。

"你星期一得去参加全国奥数巡回赛，对吗？如果你今天突然得了重病，你不觉得大家会认为你在说谎吗？"

"是的。"我喃喃道。我突然意识到整件事情就是这样，我有一个姐姐，但只是相处几个星期的姐姐而已，她有她自己的母亲，她的生活属于另外一个地方。

"是啊，然后……再说吧！"我背上书包。

"我下午晚些回家。"爸爸说道。

"好的好的。"

"要我开车送你去上学吗？"妈妈在我身后问道。

"当然！"

唯一一个什么话都没说的人就是约瑟芬。她只留下了她的鞋子，自己却消失得无影无踪了。记得那天，她把一些东西塞进了她那件超大号的蜜蜂夹克里，把我从房门里推了出来。我们沿着人行道走了好长一段距离，直到我们消失在爸爸妈妈的视线之外。

"好啦，小不点！"然后她命令道，"转过身去。"

我乖乖地转过身去，感觉她在摆弄我的背包：拉开拉链，翻找了一番，然后又拉上了拉链。

"行啦！"她说。

于是我转过身来，看着她。

"可以走啦！"

"好吧！"我说。

之后的事情发生得非常快。她抱抱我，说了再见，然后转身朝我们家的方向走去，而我朝公交车站的方向走去。没走几步，我就听到她在唱歌。如果我没记错的话，她的声音听起来有点颤抖。但我听不清楚她唱的是什么，因为我也开始唱起歌来。

我只有用德语才能搜索到我想要的东西。这是课堂测验前的最后一次德语双节课，乌尔里希老师不再给我们讲新的诗歌了，而是把比较容易混淆的诗句、诗节、韵律等概念写在白色书写板上，并且反复告诉我们如何进行分析和辨别，如何得出所有提问的正确答案并正确填写在空白处。除了诗句、诗节、韵律以外，还有诗中的一个个意境，要将一个个意境构成一首差不多的诗，即使它们不押韵，也算是一首诗了。

"借喻。"乌尔里希老师一边说，一边用白板笔写，

"比喻、拟人、首语重复[①]，如果哪位同学至今还不清楚这些修辞手法的用法，那最好再把它们写下来复习一遍。"

除了我们的好学生拉斐尔，似乎没有人清楚这些用法，但即使是他也只能乖乖拿出书写工具，写下令人困惑的概述。教室里响起一阵翻阅笔记本的沙沙声，但当我打开我的笔记本时，我发现里面有一张用胶带粘在一起的字条。上面写着一首诗，之前它应该是被划掉了，而且又被撕碎了，在连接处，有几个字母贴歪了，但你可以从头到尾地读下来：

你能举重，

也能写诗，

这是真的，

真的不错，

斯佩希特夫人！

~~你的坚强让你的一切，~~

~~变得更加粗狂。~~

可是，你看看我

我什么都做不到。

---

① 首语重复，指在诗的韵律中，每句第一个字重复。——编者注

现在看来，我写的这首诗还有了第二节，那只是一小节，但当我读它时，我的眼泪不由自主地涌上了眼眶，因为那是约瑟芬写的，大概是她只睡了五个小时的那个夜里写的。可是，约瑟芬已经不在家里住了。

哦，是的，我的小不点！
不要做一个
缺乏勇气的人，
不然就宁可沉默下去！
（这是姐姐的亲身经验，
这是对你最好的建议。）

"那么，马尔特，你复习了一遍，有什么想法吗?"乌尔里希的声音突然响起。马茨立刻从我旁边转回身去。

我也迅速合上笔记本，抹掉若隐若现的泪水，转向她说："我只是在读一些东西。"

"我希望那是一首诗，而不是一道数学题。"乌尔里希说道。

"嗯，是的。"我说，"确实是一首诗。"

马茨惊讶地看着我，幸灾乐祸地笑了。

"那好吧!"乌尔里希也笑着说道，"不过，现在是时候学一些理论了，这应该符合你的一贯喜好，马尔特，对吧？"

"嗯。"我说。然后我再次打开笔记本，往后翻了几页，开始写起来。

"你在读一首诗！"马茨在我旁边咯咯地笑着说，"你怎么不干脆告诉她，你在读《圣经》呢？"

"因为我确实在读一首诗。"我回答道，"就是一首诗，不是《圣经》。"

"别装了，告诉我实话吧！"

"我不告诉你。"

"你现在是不是想说，你自己在写诗。"

"只要灵感来了，我会写的。至少有时候会写。"

马茨咯咯地笑起来，我也不得不陪他笑起来，乌尔里希站在白板前，有些失望地喊道："同学们！安静！"而我想的是，我再也不痛哭了，我发誓，我迟早会找到她的，我的姐姐约瑟芬，毕竟我们是姐弟呀！我们再也不会让任何事或任何人阻止我们在一起。

21

赴考场

周末的时候，我脑海里除了拉勒和再次见到她的感觉，其他什么都想不出来了。

遇到一个你喜欢的女孩子是一件很开心的事，但在比赛中与你喜欢的这个女孩子竞争则是另外一回事。

特别是，这是你们在一场激烈争吵后的第一次见面，你必须要非常仔细地考虑一下如何面对对方。

星期天的一半时间我都在想我要说什么、做什么。虽然我最近的数学成绩还不错，但今天我怎么也无法完全专注于数学。

你想让我再过来看看你吗？科里亚在将近中午的时候给我发了条短信，但我马上就知道这对我来说毫无意义。

谢谢，但今天我什么都不想做了！最多也就是出门骑骑自行车什么的。

科里亚：你需要我陪你吗？为了分散一下注意力，这总可以吧？

我想了一会儿才想出答案，我清楚地知道，我现在更想要清静。于是我回复道：今天不用了，但我很高兴很快就能再次见到你。也许你可以去跟亨丽埃特聊聊，不是吗？

科里亚：我想我已经没有其他选择了。那就等明天吧！考试结束后，请告诉我考试情况。

我给他发了一个笑脸，然后把手机收了起来。我真的拿起了我的自行车头盔。

骑上自行车后，所有的思绪，还有我心中的刺痛，都被我抛到九霄云外了。

我骑了一圈，回到家时，妈妈正在泡可可。我们三个人在客厅里坐下。

"今天家里不知为什么异常安静。"爸爸一边说，一边撕开了一包饼干。

"我猜你是不是想说，"妈妈一边搅动着她杯子里的可可一边说，"你开始惦念那个女孩了。"

"你可以再邀请她过来呀！"我向爸爸建议。

"我已经说过了。"妈妈说道，"我提议她过来，和我们一起过暑假。"

爸爸和我抬头看看妈妈。

"我真的希望我们大家都能喜欢她。"

"安佳!"爸爸喊道,脸上露出喜悦的光芒。

"那么,梅兰妮阿姨呢?"我问道,"不管怎样,她也是其中的一个。"

妈妈吸了一口气,又马上吐了出来,然后说道:"我知道。让我们看看再说吧!"

她没有再说话,我也没有再问下去。但不管怎样,事情到了目前这个情况,真是再好不过了。任何人都不能破坏这一来之不易的局面。

晚上,我再次检查了一下我是否把所有重要的东西都装进了背包,比如图形计算器、量角器、我最重要的笔记和数学词典(以防万一)。这时,爸爸走进了我的房间,问道:"那么,明天就走吗?"

"是的。"

"这次全国奥数巡回赛,你做好准备了吗?"

"我想应该是准备好了。"

他坐在我的床边说道:"很抱歉。你在咱们家这种情况下,还是做好了准备,这真是很不容易。"

"你说什么呢!没事!"

他安静地看着我到处翻找东西。"顺便说一句,你还从没听我说过吧。"实际上,他好像在什么时候和我说过。"你知道我曾经在数学考试上作弊吗?"

"不仅是数学考试。"我回答道。

爸爸哈哈大笑起来。"对，不仅是数学考试。我很会作弊。"

第二天星期一，妈妈开车送我到火车站，带我到泽尔胡森老师老师约定的集合点等候，这个集合点位于候车大厅旁边的书店前。

拉勒已经在那里等着了，她把一头黑发扎成了一个马尾辫，看上去比我记忆中的还要漂亮。但不管怎样，我看到她时，内心瞬间涌起一种爱慕之情，并且向肚脐下面的方向沉淀，然后我开始躁动起来。她说"你好"，我也回了句"你好"。毕竟大人们就站在我们旁边听着，我们还能说些什么呢！

妈妈也没有任何要离开的意思，但她有时会说一些令人尴尬的话，比如"这么说你是一体化综合学校的数学天才咯！"然后她犹豫了一下，转向泽尔胡森老师老师问了一些多余的问题，比如比赛的流程和今晚的返程时间，以及人们早就知道的一切事情。她还好奇地盯着拉勒看。

拉勒回头看了看妈妈，不知什么时候，妈妈已经把问问题的对象变成了拉勒。拉勒耐心地回答她，并告诉她自己的妈妈这个时间点已经在工作岗位上工作许久了。妈妈马上抓住这个机会告诉她，说她的确是一个很独立的小姑娘。

　　我站在那里不停地倒换着自己的两只脚，为的是让两只脚都能休息一下。

　　"今晚有人来接你吗？"妈妈继续问道，当拉勒说也许她父亲到时会告诉她谁来接她时，妈妈提出要不然就由自己开车送她回家。

　　最后，最重要的时刻来了，泽尔胡森老师把夹克的袖子往上一推，看了看手表，意思是送孩子们的家长该走了。于是妈妈说她不会耽误我们的时间，并拉长声音连说了三声祝我们好运，希望我们竞赛成功。她在转身之前，还冲我和拉勒的方向，竖起了大拇指。

　　"七号站台。"泽尔胡森老师老师说，我们终于踏上了去站台的路。

　　直到我们登上区间快车，抢到了一个双人座后，拉勒和我才终于有了说话的机会。谢天谢地，泽尔胡森老师老师在离我们几排远的地方坐了下来，这让我们可以大胆地说话。

　　"你感觉怎么样？"拉勒问。

　　"感觉挺好的，你呢？"

　　"很兴奋。"她侧着头看我。我们目光相遇的那一瞬间，我看到她微笑时牙套发出的闪烁光芒。

　　"我也是。"我承认，我的心又在怦怦跳，于是我又补充说，"现在我们又能一起谈论数学了。"

　　"希望上次那件事之后，一切都能够好起来。"拉勒转动着眼睛说道。

站台在她身后的窗户外一闪而过，然后是房子、庭院、健身房等，它们都飞快闪过，被抛在我们的身后。

"我真的感到很抱歉。你当时表现得真好，而我感到无地自容，我……"

"我知道。"她打断了我的话，然后摸了摸我的右臂。

我感觉像过电一样。

于是我低头不语，呼呼地喘着气，难道我真的要因为缺乏勇气而成为永远保持沉默的那个人吗！

"还记得我最喜欢的数字是什么吗？"于是我问。

"当然。"她说，"你喜欢 8。"

"而你喜欢 11。"我摆弄着我的背包，从里面拿出了我的文件夹。

"告诉我，你不会把所有的材料都带来了吧?!"拉勒难以置信地问道。

"不……是的，带来一些。"我打开文件夹的橡胶暗扣，拿出一沓纸。

"你肯定会以为现在这个时候，我绝对不想谈论以前的任何事情了吧？"拉勒说道，"不过让我们稍微谈谈吧！你姐姐现在走了吗？我觉得她挺好的，前几天我们还在 WhatsApp 上聊了一会儿。"

"她是挺好的。"我一边说，一边继续翻阅我的笔记，用两根手指捏住一张纸的左边看着，"你怎么知道她不会长期和我们住在一起？"

"科里亚告诉我的。"拉勒继续说道，"上个星期一，我问起你的情况时，他说约瑟芬周末要去看她的母亲，一时见不到姐姐，你一定很难过。还有，你和科里亚一起做练习，在数学上又有了不小的进步，并且完全走上了正轨。"

我抬头向车窗外看去。一片田野接着一片田野在她身后的窗外匆匆闪过，时间一分一秒地过去，也让我们的距离一点一点地靠近。但在靠近的同时，我们之间的关系也像窗外的景色一样，有时候景色宜人，有时候光秃秃一片，有时候景色多得让人目不暇接。

"我不在乎我们中的哪一个今天会拿到最高的分数，并且进入青年奥林匹克数学训练班。"我说道。

她的牙套又闪烁起光芒。"我也是。顺便说一下，我一直都是这个态度。如果我进不了训练班，我以后会把精力都放在打排球上。如果我们两个都能进入训练班的话，那可真是太酷了。"

我的心都快要跳出来了。听到了吗？我们两个。当然，如果我们两个做得同样好的话，这样的事情也可能会发生的。也就是说，只要我们两个的答案是一样的就行。

"给！"我把一张写好的字条从那沓纸里抽了出来。

"这是什么?"拉勒问道。她看了一眼,然后什么话都不说了。

但她阅读时,她的手又慢慢放到了我的右臂上。

像 8 一样美

有人说,你像夜晚一样美丽,
然而我觉得,你像 8 一样美。
8 和你,
都让我无法平静,
因为你们很相似,
你们都承载着无限大的重任。

但如果你更喜欢 11 的话,
就像你在 WhatsApp 上所说的那样,
转动其中的一个数字,
朝向我的方向。
因为从现在开始,
这就足够了。

你我的手紧紧牵在一起,
真的比什么都好,
愿我们成为"M"式的两个人!

Text by Nikola Huppertz
Illustrations by Barbara Jung
Originally published under the title: SCHÖN WIE DIE ACHT
© 2021 by Tulipan Verlag GmbH, Munich, Germany
www.tulipan-verlag.de
Rose Ausländer's poem "Zirkuskind" (in our edition《马戏团的孩子》) is reprinted with the kind permission of the Rose Ausländer-Gesellschaft e.V., Cologne, Germany.
Klaus Kordon's poem "Einfach alles" (in our edition《就这么简单》) is reprinted with the kind permission of the author.
The simplified Chinese translation rights arranged through Rightol Media (本书中文简体版权经由锐拓传媒旗下小锐取得 Email:copyright@rightol.com)

著作权合同登记号：图字 18-2023-092

图书在版编目（CIP）数据

完美如 8 /（德）尼古拉·胡珀茨
（Nikola Huppertz）著；（德）芭芭拉·荣格
（Barbara Jung）绘；朱显亮译 . -- 长沙：湖南文艺出版社，2024.1
ISBN 978-7-5726-1397-5

Ⅰ. ①完… Ⅱ. ①尼… ②芭… ③朱… Ⅲ. ①儿童小说－长篇小说－德国－现代 Ⅳ. ① I516.84

中国国家版本馆 CIP 数据核字（2023）第 167531 号

上架建议：儿童文学

WANMEI RU 8
完美如 8

著　　　者：[德] 尼古拉·胡珀茨（Nikola Huppertz）
绘　　　者：[德] 芭芭拉·荣格（Barbara Jung）
译　　　者：朱显亮
出 版 人：陈新文
责任编辑：匡杨乐
监　　制：李　炜　张苗苗　文赛峰
策划编辑：马　瑄
特约编辑：张晓璐　杜佳美
营销编辑：付　佳　杨　朔　赵子硕
版权支持：王媛媛
封面设计：马睿君
版式设计：李　洁
版式排版：金锋工作室
出　　版：湖南文艺出版社
　　　　　（长沙市雨花区东二环一段 508 号　邮编：410014）
网　　址：www.hnwy.net
印　　刷：河北鹏润印刷有限公司
经　　销：新华书店
开　　本：875 mm×1230 mm　1/32
字　　数：142 千字
印　　张：7.25
版　　次：2024 年 1 月第 1 版
印　　次：2024 年 1 月第 1 次印刷
书　　号：ISBN 978-7-5726-1397-5
定　　价：32.00 元

若有质量问题，请致电质量监督电话：010-59096394
团购电话：010-59320018